Meus Jardins

CB068220

CIP-BRASIL. CATALOGAÇÃO NA PUBLICAÇÃO
SINDICATO NACIONAL DOS EDITORES DE LIVROS, RJ

S713m   Souza, Blau
         Meus jardins : crônicas de gente e de campo / Blau Souza.
         – 1. ed. – Porto Alegre [RS] : AGE, 2023.
         208 p. ; 16x23 cm.

         ISBN 978-65-5863-213-9
         ISBN E-BOOK 978-65-5863-214-6

         1. Crônicas brasileiras. I. Título.

                             CDD: 869.8
         23-84744   CDU: 82-94(81)

Meri Gleice Rodrigues de Souza – Bibliotecária – CRB-7/6439

Blau Souza

Meus Jardins

Crônicas de gente & de campo

Editora AGE

PORTO ALEGRE, 2023

© Blau Fabrício de Souza, 2023

Capa:
Nathalia Real,
utilizando foto de Flora Souza

Diagramação:
Júlia Seixas

Supervisão editorial:
Paulo Flávio Ledur

Editoração eletrônica:
Ledur Serviços Editoriais Ltda.

Reservados todos os direitos de publicação à
LEDUR SERVIÇOS EDITORIAIS LTDA.
editoraage@editoraage.com.br
Rua Valparaíso, 285 – Bairro Jardim Botânico
90690-300 – Porto Alegre, RS, Brasil
Fone: (51) 3223-9385 | Whats: (51) 99151-0311
vendas@editoraage.com.br
www.editoraage.com.br

Impresso no Brasil / Printed in Brazil

Prefácio

Os afortunados leitores do Blau, em obras anteriores, foram nelas introduzidos pelos notáveis Doutores Paulo Brossard, de saudosa memória, e Dr. José Camargo, em plena atividade. Ambos contribuíram inestimavelmente para inovações nos campos do Direito e da Medicina, respectivamente.

Em comum, devotaram e devotam profunda reverência e amor ao campo e à preservação da nossa cultura. Considero, assim, a incumbência da apresentação de *Meus Jardins*, reunindo crônicas publicadas originalmente no *SulRural*, informativo mensal da Farsul, de autoria do Blau, como um convite repleto de grande responsabilidade em virtude dos que me precederam, mas, especialmente, atribuo esse chamado ao sentimento amoroso que sempre nos uniu ao inesquecível amigo de fé campeira Fernando Adauto Loureiro de Souza.

O autor, com mestria e elegância, construiu textos que evocam suas raízes, vivências e afetos. Com ele percorremos os caminhos da nossa história, trajetórias de peões e capatazes, educação familiar e preservação da natureza, tudo com descrições inspiradas nos cenários do campo.

O autor transpira primorosa cultura universal e se coloca ao lado de Hudson, Arregui, Murguia, escritores da mesma temática. Assim que "Aureliano", "Verões", "Voo de Passarinhos", "Pecuária", "Mares do sul", nada escapa da mirada precisa reproduzida na obra. No arremate, gratidão ao Blau Fabrício de Souza, médico reparador de corações e escritor que nos induz ao pulsar mais forte, emocionado e qualitativo do órgão vital ao lermos seus textos.

Obra atemporal, que nos anima e embala nossas melhores projeções para gerações futuras, para saberem que o campo é muito mais que o campo. Assim como Blau refere na crônica "Poesia em nossas vidas", ao rememorar o lirismo dos versos de seu colega Luiz Coronel, a presente obra igualmente nos presenteia com "o mundo encantado dos poetas, com a beleza das coisas simples e que a natureza não cessa de oferecer todos os dias", dando-nos a certeza de que, de fato, "nossa disposição para reconhecer e gozar o belo evolui no tempo e no espaço, e nossa memória tem aí um papel fundamental e seletivo".

Nestor Hein
Advogado e pecuarista

Apresentação e homenagens

Meus livros *Uma no cravo, outra na ferradura* e *Por falar em passarinhos* reúnem crônicas escritas para o *SulRural* desde o final do século XX. Após eles, houve período de afastamento do jornal, correspondendo à saída de meu sobrinho, Fernando Adauto, da diretoria da FARSUL. O tempo passou, houve o falecimento do Fernando, e se agravaram os males do presidente Carlos Sperotto. Quis então mostrar que a solidariedade ao sobrinho não representava oposição à liderança incontestável de Sperotto. Voltei a enviar minhas crônicas quando ele ainda presidia a federação, e continuei a fazê-lo nos tempos de Gedeão Pereira, amigo desde os tempos de Colégio Auxiliadora, em Bagé.

Minhas crônicas sempre foram acolhidas pelo *SulRural*, de modo muito particular por Décio Marimon. Foi ele quem as promoveu para a destacada página dois, com direito a foto trabalhada do autor. Mas Décio fez muito mais do que isso. Desde o início, ele se encarregou de elaborar os destaques a cada crônica, numa colaboração qualificada.

Animado por esse ambiente amigo, retorno à publicação de livro com mais crônicas publicadas no jornal após a aparente despedida em *Octoginta*. Faço-o como um apaixonado pela vida e pedindo desculpa aos leitores mais fiéis pelas repetições. Mas a fidelidade a orientações básicas de comportamento e aos amigos justificam repetições, sobretudo se representarem uma homenagem ao *SulRural* e aos amigos da FARSUL.

Para satisfazer a curiosidade do amigo Ricardo Chaves sobre meu nome, enviei-lhe crônica que seria publicada pelo *SulRural*. E ele me surpreendeu com o aproveitamento do texto, adaptado para sua coluna Almanaque Gaúcho, na *Zero Hora*. Minha alegria aumentou quando ele ajuntou fotos de arquivo, e que eu não possuía. A satisfação foi tanta que tentei aproveitá-las na capa e na contracapa do livro. Estaria homenageando estruturas e pessoas que muito significam para mim.

Na capa, eu apareceria montando égua rosilha do Ari, protagonista de livro que escrevi e ex-capataz das estâncias do Sobrado e da Salamanca, em Lavras do Sul. Ao fundo, apareceria cerca de pedra do mangueirão mais que centenário do Sobrado. Na contracapa, apareceriam colegas médicos e o paciente da primeira cirurgia cardíaca realizada no Instituto de Cardiologia de Porto Alegre. Lá figurariam, 47 anos após a cirurgia: o paciente Henrique Knorr, ex-prefeito de Jaguarão, em meio aos médicos que cito pelas idades decrescentes. Veríamos: Ivo Nesralla, Gilberto Barbosa, eu, Fernando Lucchese e Nestor Daudt, em encontro festivo organizado pela enfermeira Lídia Lucas Lima, braço direito do Ivo no Instituto.

Diante de demora na liberação das fotos, optei por plano B para ilustração da capa e da contracapa. Optei pelo aproveitamento de duas Floras, que costumo explorar: a Souza, minha mulher e também boa fotógrafa; e a outra, o próprio reino vegetal.

Todas as crônicas publicadas passaram por algumas revisões e sofreram alterações, mas sempre tiveram um crivo inicial de primeira e exigente leitora, minha mulher. A ela, Flora, a homenagem que extrapola parâmetros e se estende a filhos e netos, todos participantes. Tudo com muito afeto.

Sumário

1. Três talhos.. 11
2. Pelotas, desde a Europa 14
3. Gafanhotos e muitas lutas 17
4. Vacas, passarinhos e meio ambiente........... 20
5. Paulo "Goela"... 23
6. A amigos de fé pueril.................................. 26
7. Viagem e livro... 29
8. Fogueiras de junho..................................... 32
9. Primeira professora.................................... 35
10. Meus jardins... 38
11. Visitantes açorianos.................................... 41
12. Enfrentamento de crises 44
13. Ano de 1918: guerra, gripe, carvão, carreiras..... 47
14. Não vamos brigar por carrapatos 50
15. Jejum e receio... 53
16. Terneiros, ciência e devaneios 56
17. Campanhas e centenário 59
18. Sepúlveda ou José Marcelino...................... 62
19. Os últimos dias de Sepé Tiaraju 65
20. Noite escura e perfumada........................... 68
21. O pampa e seus atores 71
22. Um gaúcho maior e adaptado 74
23. Conversas da hora do mate 77
24. Um pouco de Aureliano 80
25. Vidas sob bosques 83
26. Do ouro ao fosfato 86
27. Por falar em memória................................. 89
28. Otimismo com preocupação 92
29. Médico e escritor.. 95
30. Pandemias e reações................................... 98

31	Tempos de bate-bate	101
32	Água que o boi bebe	104
33	O poder dos pequenos seres	107
34	Luta contra a tristeza	110
35	Voltando às caturritas	113
36	Noventa anos e um livro	116
37	Cavalos e seus registros	119
38	Mensagens inesquecíveis	122
39	Homens, cavalos e lembranças	125
40	Verões chuvosos	128
41	Meu amigo Saraiva	131
42	Pescando com entono	134
43	Luxo de marcação	137
44	Poesia em nossas vidas	140
45	Esportes sem limites	143
46	Agosto pesado	146
47	Romances cheios de história	149
48	A pandemia e os livros	152
49	A última mensagem do poeta	155
50	Pecados veniais e impunidade	158
51	Amor, pássaros e lendas	161
52	Imagens da infância	164
53	O grande nome dos 250 anos	167
54	Queimadas de campo	170
55	Cogumelos de outono	173
56	Saudade do Pinheirão	176
57	Mares do sul	179
58	A corrida do ouro das Lavras	182
59	Referência inigualável	185
60	Desafios nas Lavras	188
61	O drama das emas	191
62	Coisas de meu pai	194
63	Fraudes eleitorais	197
64	Gaúchos em Mato Grosso	200
65	Um livro que faz pensar	203
66	Os livros e um nome incomum	206

1
Três talhos

Ao trocar de século, escrevi alguns artigos para o *SulRural* sobre o valor da carne vermelha na alimentação humana. A moda na época era condená-la, e muitos homens de avental branco na televisão bradavam contra a gordura animal. E o cigarro e as bebidas alcoólicas festejavam a companhia inesperada da carne na categoria dos vilões do nosso cotidiano. Era triste verificar o tratamento dispensado pela mídia ao nosso mais perfeito alimento do ponto de vista proteico. A fonte abundante dos chamados aminoácidos essenciais era preterida por causa da gordura, que lhe dá o sabor. Ela não é tão nefasta quanto diziam e seu consumo pode ser regulado a cada prato ou pelo descarte antes da ingestão. Hoje, com embasamento científico e com a companhia de médicos ilustres, desde o professor Zerbini até o midiático Drauzio Varella, está mais fácil falar bem da carne vermelha e discutir alegações de vegetarianos ou veganos. É nesse sentido que puxo da faca campeira, não do bisturi já aposentado, e deixo três parágrafos, ou três talhos de boa faca em nacos de suculenta carne vermelha para os amigos leitores.

O primeiro talho tem origem na pré-história e estuda a evolução dos hominídeos até chegarem ao *Homo sapiens*. Leituras e visitas a museus mostram que a massa encefálica mais do que duplicou e os nossos precursores evoluíram muito quando desceram das árvores, ficaram em pé, buscaram as estepes e passaram a caçar para se alimentar. Os dentes achatados de mastigadores de folhas passaram a contar com a presença dos chamados caninos. Será que tudo isso se deu

> O compromisso com a excelência aumenta quando trabalhos científicos começam a mostrar que a gordura dos animais produzidos em nossos campos nativos apresenta quantidades e qualidades de ácidos graxos aceitáveis e desejáveis para o consumo humano.

por acaso? Ou a alimentação com o acréscimo da carne dos animais caçados ajudou na evolução?

O segundo corte se baseia no desafio de melhorar a carne oferecida ao homem dos nossos dias em todo o mundo. Sabor, maciez, marmoreio desafiam estudiosos a obter animais sadios e com terminação adequada, prontos para o consumo nos mais exigentes mercados. Sabe-se que no pampa temos condições de produzir animais precoces e bem desenvolvidos em campos nativos e bebendo água de sanga. Raças bovinas europeias com seus cruzamentos, o convívio com quatro estações bem definidas e a propensão para viver embalados pela estética e pela ética do frio, empurram homens e animais do pampa pelos caminhos a seguir. E o compromisso com a excelência aumenta quando trabalhos científicos começam a mostrar que a gordura dos animais produzidos em nossos campos nativos apresenta quantidades e qualidade de ácidos graxos aceitáveis e desejáveis para o consumo humano. Expressões como *ômega três* ou *ômega seis* e sua quantificação analítica farão parte das características ressaltadas nas carnes negociadas e consumidas.

O terceiro talho tem a ver com o respeito pelos animais durante suas vidas e por ocasião das mortes que lhes proporcionamos. Esse respeito está bem presente em meus livros, e sei de leitores que, para minha surpresa e desapontamento, assumiram hábitos vegetarianos após suas leituras. É difícil viver o pragmatismo do mundo atual sem abandonar as ideias românticas sobre animais surgidas na infância. Os consumidores preferem e o humanismo exige que os animais recebam fartura de pasto, sombra, ambiente tranquilo, assistência veterinária, manejo com pouco *stress* e que termine com morte sem dor em clima de respeito. Os sangradores da nossa campanha já procuravam diminuir ao máximo o sofrimento do animal sangrado. Meu pai, como descrevi em livro, era um hábil sangrador de bois, mas só permitiu que o visse em ação quando eu já passara da primeira infância e estava pronto para o convívio com as inevitáveis violências do viver.

O pampa produz, consome e exporta animais cada vez mais jovens. Será isso mau para os animais? Não muito, se lembrarmos que eles deixaram de puxar arados, carretas, canhões. Também deixaram de ser tropeados por muitos dias antes do abate e, para nossa satisfação, sua carne deixou de ir para a salga ou de ser dura e cansada como a consumida por nossos avós. Algo mais? Sim, o desejo de que a cadeia da carne conte com pessoas vocacionadas, capazes e honestas.

SulRural n.º 411 – dezembro/2017

2
Pelotas, desde a Europa

Dividido entre Porto Alegre e o campo, não deixo de viajar, e isso tem ampliado horizontes e enriquecido a mim e a minha mulher com novos amigos surgidos em terras estranhas e, sobretudo, entre os companheiros de viagem. Como é gostoso reavivar laços com nossas terras, quando distantes e vistas com um misto de nostalgia e de saudade. Isso aconteceu em recente viagem aos países escandinavos e à Rússia. No grupo estavam Cláudio e Regina Xavier, casal de Pelotas, ambos realizados em suas atividades no comércio e no ensino universitário. Eles, após as apresentações, tiveram de aguentar minha curiosidade a respeito do pai de Regina, o senhor Darcy Trilho Otero, partícipe da grandeza pelotense e conhecedor profundo da cultura e da história da Zona Sul. Tudo foi facilitado quando seu Darcy, um nonagenário lúcido e ativo, resolveu participar das tertúlias à distância.

Os contatos continuaram além do final da viagem e muito mais através de cartas manuscritas do que por meios eletrônicos. E a correspondência foi enriquecida com troca de livros e de documentos, não raro com trechos sublinhados, ou com anotações feitas com letra firme e decidida.

O livro *Actas da classe rural resgatando as raízes da sua história* é belíssimo e foi editado em 2008 com a coordenação dele e de Elmar Hadler. Ricamente ilustrado, apresenta as atas das sessões do Primeiro Congresso Agrícola do Rio Grande do Sul, ocorrido em outubro de 1908. Além das atas, há conclusões das trinta e duas teses que foram apresentadas por pessoas ilustres, como Guilherme Minssen, Ildefonso Simões Lopes, Manoel Luís Osório, Severino Sá Britto, Joaquim Luís Osorio, Leonardo Brasil Collares, Balbino Mascarenhas, Theodoro Amstadt e muitos outros.

> Como é gostoso reavivar laços com nossas terras, quando distantes e vistas com um misto de nostalgia e de saudade.

Foi presidente efetivo do congresso o Dr. Ildefonso Simões Lopes e, de honra, o Dr. José Cypriano Nunes Vieira. O Dr. Joaquim Francisco de Assis Brasil foi um dos conferencistas e o escritor João Simões Lopes Neto, uma das figuras mais atuantes.

Mas o livro é mais ambicioso e buscou especialistas para tecerem comentários atuais (2008) sobre as 32 teses apresentadas cem anos antes. Muitas delas continuam atuais, poucas foram superadas pelo progresso em determinadas áreas. Dito congresso marcou mais um dos muitos pioneirismos de Pelotas, numa época difícil, logo após a triste Revolução de 1893. Afinal, foi lá que surgira a Faculdade de Agronomia Eliseu Maciel, instalada como *Imperial Escola de Medicina Veterinária e de Agricultura Practica*, que formou sua primeira turma em 1895 e logo passou a publicar a *Revista Agricola do Rio Grande do Sul*. A Associação Rural de Pelotas surgiu em 1889 com o nome de *Sociedade Agricola e Pastoril do Rio Grande do Sul*. E já em abril de 1899 realizou sua *Primeira Exposição Agricola*. O congresso que noticiamos foi organizado para comemorar o décimo aniversário da Associação.

Mas o amigo Darcy Trilho Otero enviou também precioso livro com as crônicas do saudoso José Collares e sua apreciação crítica; além de vários exemplares da revista do Instituto Histórico e Geográfico de Pelotas, de que é membro efetivo e atuante. E o que dizer das suas crônicas sobre os leilões pioneiros realizados no *condado* de Pedras Altas, nos anos cinquenta, quando os trens representavam a principal ligação entre Bagé, Rio Grande e Pelotas, e quando a Estância São Francisco, em tempos em que seu amigo Francisco Py Crespo, o Chico Crespo, sediava tais remates.

Como aluno da Eliseu Maciel, Darcy iniciou-se nas atividades associativas, pois foi presidente do centro acadêmico. Membro de muitas entidades, Darcy foi presidente da então Sociedade Agrícola de Pelotas nos anos 1966-1967, o último antes que a entidade passasse a Associação Rural. Como agrônomo e empresário rural, muito realizou. Hoje o destaco como escritor, memorialista e profundo conhecedor da história e da cultura dos gaúchos e de seus pagos ou querências.

SulRural n.º 412 – janeiro/2018

3
Gafanhotos e muitas lutas

Há cem anos, em dezembro de 1917, virou notícia de jornal: Trem descarrilou e tombou fora dos trilhos próximo de Pedras Altas por causa dos gafanhotos. A oleosidade dos insetos acumulados e esmagados lubrificara por demais os trilhos do trem...

Na minha infância convivi com as chamadas nuvens de gafanhotos. Tal era a quantidade de insetos voando, que encobriam o sol, trocavam o dia pela noite. E no solo a destruição era a regra. Não sobravam folhas nos arvoredos, nem lavoura ou pastagem. Até as cascas das árvores eram atacadas. E permaneciam por muito tempo as consequências do ataque.

Lembro que minha mãe deixava de utilizar os ovos da casa por algumas semanas, pois o gosto do *óleo de gafanhoto* permanecia por alguns dias após a ingestão dos insetos pelas galinhas. As soluções caseiras passavam por bater latas, jogar água quente, usar vassouras ou ramos de árvores; sempre com os olhos semicerrados, boca fechada e respiração curta, para evitar a penetração de insetos nos corpos dos combatentes. Restavam pequenas satisfações, como evitar o ataque às roseiras ou às ervas utilizadas para chá.

A praga é bíblica e está na origem de algumas das fomes agudas e generalizadas que se repetem através dos séculos, para desespero da humanidade. Ainda ao revisar tese sobre o assunto no Primeiro Congresso Agrícola do Rio Grande do Sul (1908), verifiquei que era preconizado o uso do fogo para controlar a praga na fase em que os insetos apenas saltavam, não voavam. Esta foi uma das poucas te-

> Houve tempo em que as grandes dificuldades eram comparadas às pragas e, nesse sentido, Carlos Sperotto, ao longo de muitos anos, lutou contra inúmeras *nuvens de gafanhoto*. Mas o fez como líder de produtores rurais diferenciados, carregados de histórias, tradições e conhecimentos.

ses daquele histórico encontro que perderam a atualidade por completo.

Estou falando sobre gafanhotos e fenômenos naturais para fazer o elogio do homem quando toma a peito a defesa da natureza, mas sem deixar de alterá-la de forma decisiva quando necessário. Venenos, os defensivos agrícolas, acabaram com as nuvens de gafanhoto e muitas outras pragas. Também os códigos genéticos de plantas e de animais foram alterados pelo homem em busca de alimentos saudáveis, abundantes e mais resistentes a predadores e adversidades. Claro que houve e há excessos, mas a preservação da natureza e a felicidade dos homens sempre exigiram posicionamentos firmes em momentos cruciais.

Cientistas de todo o mundo buscam soluções, mas elas serão ou não aplicadas dependendo da liderança dos setores responsáveis pela produção de alimentos.

E tanto aí, como no trato de reforma agrária ideológica na base dos *sem-terra* e das *ocupações*, não faltou liderança aos produtores gaúchos. Carlos Sperotto, com a coragem e a argumentação dos predestinados, jamais fugiu ao debate. Certo de que defendia a boa causa, mostrou o quanto o campo avança quando há tecnologia, planejamento e paz. Sempre defendeu a FARSUL dos grandes, dos médios e dos pequenos produtores, e sempre esteve disponível para defendê-los, sem descanso. E como era bom sentir o seu entusiasmo a cada Exposição de Esteio, quando usava a tribuna para dizer verdades, fazer cobranças e reclamar recursos às autoridades de todas as esferas! Ficou inapagável sua imagem, encharcado, botas atoladas no barro, fazendo a entrega de prêmios a vencedores do Freio de Ouro em tarde de muita chuva. Apaixonado pela vida e pelo trabalho, errava como qualquer ser humano, mas ninguém o batia na luta contra homens, estruturas e políticas quando ameaçavam o campo e a produção rural.

Houve tempo em que as grandes dificuldades eram comparadas às pragas e, nesse sentido, Carlos Sperotto, ao longo de muitos anos, lutou contra inúmeras *nuvens de gafanhotos*. Mas o fez como líder de produtores rurais diferenciados, carregados de história, tradição e conhecimento suficientes para acatar conquistas científicas e tecnológicas que ele jamais ignorou ou deixou de defender.

SulRural n.º 413 – fevereiro/2018

4
Vacas, passarinhos e meio ambiente

O Bioma Pampa tem de ser visto como um todo, na sua natural aptidão para a criação de gado e como sede de fauna e flora muito ricas. Sua preservação depende muito mais da conservação das pastagens nativas ou melhoradas pelos proprietários das terras do que de iniciativas governamentais restritas e restritivas se analisadas áreas cercadas e em desacordo com a vontade dos produtores rurais. Poucos entenderam tão bem o pampa quanto o Fernando Adauto, que buscou na Alianza Del Pastizal reconhecimento e apoio internacionais. A aceitação e o crescimento da Alianza foram entendidos e prestigiados pela Bird Life e suas filiadas no Brasil, na Argentina, no Uruguai e no Paraguai, países que têm pampa.

Os tempos iniciais da República no Brasil não foram fáceis e no Rio Grande do Sul levaram a governos discricionários, que, apesar de oposição ilustre e das revoluções, ensejaram desenvolvimento social e econômico admirável e que resultaram na relativa gauchização do Brasil moderno a partir da Revolução de Trinta e de Getúlio Vargas. Júlio de Castilhos e Borges de Medeiros buscavam um Estado moderno, com embasamento científico, planejado e com tratamento estatístico de todos os fenômenos. Isso, aliado a princípios administrativos de probidade e de respeito pelo dinheiro público, fez história...

Hoje, em tempos de democracia e de penúria de recursos públicos, são elogiáveis os esforços do governador no sentido de cortar despesas, mas minhas pernas tremem quando é anunciado o desaparecimento da Fundação de Economia e Estatística, e, sobretudo, da Fundação Zoobotânica, charmosa e ativa para orgulho de todos os gaúchos. Recuso-me a acreditar que análises econômicas, Jardim Botânico, Parque Zoológico, Museu de Ciências Naturais, todo um patrimônio de cientistas e pesquisadores, bem como um acervo de publicações em pesquisa e ensino possam ser empurrados para um possível interesse do setor privado. O empobrecimento do Estado será evidente e incompreensível se considerados o pequeno custo que representa a FEE e os múltiplos recursos gerados e arrecadados pela Fundação Zoobotânica para o Estado. As crises abatem, mas não podem impedir o governo de pensar grande...

> A excelência do meio ambiente, tão bem representada por bandos de pássaros, depende muito mais de boas práticas em todo o pampa do que de áreas cercadas, condenadas ao desuso, dentro de propriedades produtivas.

Aparentemente, estou a misturar assuntos sem ligação entre eles, mas ela existe e tem de ser encarada no Brasil e no Estado em que vivemos. Para quem acredita na livre iniciativa, mas deseja um Estado eficiente e que não se abstenha de agir nas tarefas em que é insubstituível, os assuntos não podem ser mais pertinentes. O pampa e sua história permeada e ditada pela presença do gado exigem e merecem entendimento e políticas adequadas. Um desenvolvimento econômico sustentável está sendo buscado por produtores cada vez mais conscientizados da sua importância na produção de alimentos e na preservação do rico ambiente em que vivem; sabem que poucos lugares no mundo se prestam tanto à exploração agropecuária consciente, racional, inteligente. Ao reunir proprietários rurais que conservem pelo menos 50% de seus campos com pastagem nativa, a Aliaza Del Pastizal deve buscar uma convivência pacífica entre proprietários rurais e preservacionistas. A excelência do meio ambiente, tão bem representada por bandos de pássaros, depende muito mais de boas práticas em todo o pampa do que de áreas cercadas, condenadas ao desuso, dentro de propriedades produtivas. Produzir carne num paraíso verde, com animais sadios, livres, alimentados com bom pasto e bebendo água de sanga vale todos os esforços. Progressivas conquistas na produção de alimentos ganharão muito se houver empreendedores rurais e preservacionistas, modernos, falando a mesma linguagem. E para finalizar, fica um simoniano, respeitoso, mas desconfiado grito de *Laus Sus Cris* para quem aconselhe uma utilização mais proveitosa de meus campos pampianos, cobertos de pastos nativos e melhorados.

SulRural n.º 414 – março/2018

5
Paulo "Goela"

As nossas estâncias de cercas de carafá e gado de osso eram enriquecidas quando aparecia o Paulo da Joana com mala de garupa cheia de ossos recolhidos lá pela invernada grande, bem além do paradouro, para os lados da Nazária. Sílvio, o pai de Paulo, era agregado de meu pai e morava com a mulher, Joana, e quatro filhos, num rancho de torrão e santa-fé, próximo a cercado e grande mangueirão de pedras. Tinham vizinhos, que aos poucos iam migrando para a cidade em função da educação dos filhos.

Paulo representava, para mim e meus irmãos, o mesmo que os cabanheiros castelhanos para as exposições-feiras da época. Ossos esbranquiçados e livres de partes moles dependiam da passagem do tempo e das intempéries. Mas ossos pelo campo não faltavam em tempos de secas fortes, surtos de febre aftosa e poucos recursos veterinários. Paulo também era companheiro para melar lechiguana, usar bodoque e participar de pequenas caçadas com seu cãozinho Guaraná. Certa vez, sua leve gagueira agravou-se quando atiçou o cãozinho contra lagarto de papo amarelo, que resolveu enfrentar a briga e levava vantagem ao morder o cachorrinho pelo pescoço e tentar imobilizá-lo. Com o cusquinho em má situação, Paulo virou *tatibitati* e os gritos passaram de "qui te pega, qui te pega" para "qui te larga, qui te larga, qui tassoro."

À medida que crescia, ia aprendendo de tudo. Tropeava, esquilava, campereava, fazia lenha, cuidava do cercado... Quando a lavoura de trigo mecanizada chegou a campos vizinhos, tornou-se tratorista,

> Paulo Narciso Ribeiro da Silva em tudo melhorou com o passar do tempo, mas jamais alterou sua gritaria ao levantar pontas de gado nas costas de arroio ou de banhado em dia de parar rodeio. Pelos gritos, aos oitenta anos, continua a merecer o apelido de "Goela" que carrega desde a infância.

sem jamais perder o contato com a estância e com seu time de futebol. Paulo era bom de bola. Veloz e bom chutador, tinha grande resistência física, e passou a substituir meus irmãos Hélio ou Nemo no decorrer das partidas.

Ao sentar praça no regimento de cavalaria mecanizada em Bagé, aprimorou os conhecimentos de mecânica e passou a atuar como tratorista na estância, sobretudo para roçar campo. Cuidadoso com a maquinaria, ganhou a confiança do Jacques, meu irmão, que assumira a Estância do Sobrado. Diminuíram as estripulias de fim de semana e o trago mau conselheiro. Passou a economizar e logo teve algum patrimônio e uma casa na cidade.

Mas atos de despautério, como o de pedir a bolada e montar um aporreado de má índole em dia de festa no Sobrado, tornaram-se inesquecíveis. O cavalo, após alguns pulos, enganou os amadrinhadores e enveredou em alta velocidade pelos fundos do casario da estância. Cruzou chiqueiro, monturo, pés de abóbora e se atirou contra cerca nova de sete fios de arame bem esticado. O cavalo bateu de cabeça contra moirão e virou cambalhota por cima da cerca. Só então Paulo soltou-se dele. Felizmente, apenas o cavalo teve a testa costurada.

Por que esta crônica? Para festejar a chegada aos oitenta anos e, em boa forma, de um amigo que tem algo muito valorizado em minhas escritas: a capacidade de adaptação do gaúcho e seu bom-senso. Querem uma prova? Em recente roda de chimarrão, na madrugada, Paulo apontou os três produtos que mais tinham alterado sua existência: bota de borracha, veneno granulado contra formigas e motosserra. Sintam a sabedoria franca de quem enfrentara geadas, pedregulhos, espinhos, atoladouros. E como soube valorizar o combate efetivo aos formigueiros sem ter de seguir carreiros. E nem se fale do tempo e do esforço gastos na dura tarefa de fazer lenha a golpes de machado.

Paulo Narciso Ribeiro da Silva em tudo melhorou com o passar do tempo, mas jamais alterou sua gritaria ao levantar pontas de gado nas costas de arroio ou de banhado em dia de parar rodeio. Pelos gritos, aos oitenta anos, continua a merecer o apelido de "Goela" que carrega desde a infância. Paulo jamais faltou aos amigos. Nem na luta, nem no luto. Pleno de sabedoria no viver, ele continua gritando. Que o mundo não o cale, é o que esperam seus muitos amigos.

SulRural n.º 415 – abril/2018

6
A amigos de fé pueril

O ano de 2017 era um desafio em termos de festejar centenários. Do ponto de vista pessoal, o centro foi o da formatura de meu pai na Faculdade de Medicina de Porto Alegre. E a festa perdera brilho pelas mortes recentes de Oswaldo Cruz, vulto maior da Medicina brasileira, e de Luiz Luce, o mais alegre dos formandos, e que fora vitimado pela febre tifoide, endêmica na capital gaúcha de 1917. Ambos mereceram homenagem póstuma da turma e, a Crispim, abalava ainda a morte do pai, meses antes de ver o filho doutor. O mundo vivia a Primeira Guerra Mundial e o Brasil declarara guerra à Alemanha. A Rússia, em plena conflagração, assistira à vitória da Revolução Comunista. As consequências da guerra eram bem evidentes e, às vezes, lamentáveis para presumidos espiões buscados entre os alemães e seus descendentes na cidade de Porto Alegre e no Estado, eles que eram tão importantes na indústria, no comércio, nos esportes e em todas as atividades.

Cedo, em 2017 resolvi participar das atividades patrocinadas pelo IHGRGS e outras entidades em homenagem ao centenário da Revolução Bolchevique. Importância histórica não faltava, e participei sem dispensa do espírito crítico, nem das concepções de liberal assumido. A mesma decisão, em sentido contrário, foi tomada por inúmeros e queridos amigos, que não conseguiam esconder seu entusiasmo pelo comunismo, ainda que o mesmo não tivesse dado certo em nenhum lugar do mundo. Valeu o encontro, e como! Emoção e nostalgia valem por demais e reabastecem nossas vidas e amizades.

Mas certa decepção me invadia, por exemplo, ao verificar que os amigos se ocupavam com "texto de apoio ao heroico povo da Venezuela na sua luta contra o imperialismo". Diante da fé pueril dos amigos, mal articulava palavras soltas de chavão: "Me caíram os butiás do bolso...".

Mas a importância histórica da Revolução Comunista é tanta, que alterei viagem previamente marcada à Escandinávia, para acrescentar visita à Rússia por ocasião do centenário dela. Não há nação que resista a comparações com os países nórdicos quando se analisa qualidade de vida e desenvolvimento social. Basta que se olhe para as obras de edifícios em construção para que se sintam as diferenças. De um lado, trabalhadores superprotegidos atuam em andaimes e plataformas que parecem estruturas definitivas e com um isolamento invulgar; enquanto, à medida que se penetra na Rússia, vão surgindo obras mal isoladas, andaimes precários, em que se equilibram trabalhadores mal protegidos e com uniformes inadequados.

Mas trens rápidos e navios vão sendo tragados por um país enorme e desafiador. São Petersburgo e Moscou polarizam séculos de história e de servidão mescladas com arte e literatura mostradas a filas gigantescas de turistas de todos os lugares. Tradição e religiosidade estão muito presentes nas muitas igrejas, onde os fiéis apalpam e beijam ícones. Se não há hostilidade ao comunismo, há clima de afastamento e de alívio pelo seu desaparecimento, em acordo com os dezessete por cento de apoio conseguidos pelos comunistas em repetidas eleições. Putin parece amado pelo povo e há clima de esperança e de patriotismo evidentes.

Enquanto minha mulher e casal amigo visitavam *shopping* defronte à Praça Vermelha, entrei na fila para visitar o mausoléu de Lenine e que também acolhe os despojos de astronautas pioneiros. A fila não era muito grande, o clima de curiosidade e, certamente, com o menor número de chineses que encontrei em todos os lugares que visitei na Rússia. A uns vinte metros da entrada, bela policial encerrou a visita e dispersou os turistas. Não consegui visitar Lenine, mas estou convencido de que em nenhum dos companheiros de fila havia amor e entusiasmo por ele como o demonstrado pelos amigos comunistas de Porto Alegre.

SulRural n.º 416 – maio/2018

Viagem e livro

Será uma boa ideia usar viagem como gancho para falar de livro? Certamente, se ambos assegurarem momentos felizes a quem os enfrente. De viagem ao Peru e à Colômbia ficaram muitos registros, iniciando pela satisfação de ter passado quase incólume por Machu-Pichu e Cuzco, de ter vencido a altitude sem recorrer a tratamentos que fossem além do mascar folhas de coca, ou usá-las como chás e balas. Iniciar rota pela costa do Pacífico em Lima e chegar à costa tropical e atlântica de Cartagena é desafiante. E sempre estimulado por culinárias consagradas, ricas em pescado, produtos locais e acompanhados de pisco ou ótimas cervejas. Conhecer o artesanato e a cultura inca em diferentes altitudes e no Vale Sagrado satisfaz a exigentes turistas e sem gastar muito. Centenas de variedades de batata e de milho, lãs de llama, alpaca, vicunha ou guanaco, coloridas, ou não, por meio da cochonilha e de outros produtos naturais fazem a alegria de feirantes simpáticos e cheios de paciência. Nem falo das metrópoles Lima e Bogotá, cada uma com mais de oito milhões de habitantes, ou das culturas pré-incaicas que enriquecem museus e sítios arqueológicos importantes.

Mas tudo pode ser melhorado se houver uma boa livraria. Isso aconteceu em Bogotá e quando se anunciava o último livro de Mario Vargas Llosa. Vejam, o livro do peruano fora impresso na Colômbia, importante centro editorial de língua hispânica. Já a capa me agradou e a contracapa mais ainda, pois nela Vargas Llosa apresenta o livro como uma autobiografia intelectual. Ao contrário do *El pez en*

> [...] todos os escolhidos de Vargas Llosa privilegiaram o indivíduo frente à tribo, nação, classe ou partido. Todos eles também foram defensores intransigentes da liberdade de expressão como valor fundamental para o exercício da democracia. *La llamada de La tribu* não é um livro de fácil leitura, mas coopera para um melhor entendimento do mundo em que vivemos.

el água, em que figuram as vivências do autor, no livro recém-comprado o protagonismo é das leituras que moldaram a sua maneira de pensar nos últimos cinquenta anos. Qual o nome de minha paixão à primeira vista? *La llamada de La tribu*, editado pela Alfaguara (Penguin Random House Grupo Editorial). Nele, há textos sobre os filósofos que o fizeram passar da identificação entusiasmada com a Revolução Cubana e com Jean-Paul Sartre até uma posição crítica às antigas ligações e um protagonismo político liberal que o fez candidato à presidência do Peru.

Longe de mim buscar uma intimidade inexistente com o autor, mas o livro me impactou pela identificação com ele e com uma juventude sul-americana descontente com o subdesenvolvimento e a desigualdade social. Lembrei-me dos tempos de aprender algo em livros de iniciação à filosofia, que dos festejados gregos passavam a Karl Marx sem muitos preâmbulos. Eram tempos de acreditar que o mundo evoluiria inexoravelmente para o socialismo. Eram tempos de aceitar até a perda da liberdade em função de um mundo utópico sem explorados e exploradores. Mas deixemos que o próprio Vargas Llosa apresente os pensadores que o ajudaram a mudar e cujas trajetórias ele conta como só ele sabe: Adam Smith, José Ortega y Gasset, Friedrich August von Hayek, Karl Popper, Raymond Aron, Isaiah Berlin e Jean-François Revel. Vejam que apenas Adam Smith é anterior a Marx, os demais são contemporâneos ou posteriores a ele, e tratados com certo desdém por professores universitários e intelectuais de nossa juventude. Eram pouco conhecidos e menos divulgados que os simpatizantes da utopia comunista. Os mestres de Vargas Llosa, na sua maioria, eram judeus, viveram no exílio e foram acolhidos por universidades, sobretudo na Inglaterra. Eram homens de vida simples e que viveram períodos difíceis, tais como os dos austríacos Von Ayek e Karl Popper na sua convivência com os estragos produzidos pelo também austríaco Adolf Hitler.

Sem considerar nacionalidades, todos os escolhidos de Vargas Llosa privilegiaram o indivíduo frente à tribo, nação, classe ou partido. Todos eles também foram defensores intransigentes da liberdade de expressão como valor fundamental para o exercício da democracia. *La llamada de La tribu* não é um livro de fácil leitura, mas coopera para um melhor entendimento do mundo em que vivemos. Quanto a mim, pretendo relê-lo na minha poltrona, bem longe do avião.

SulRural n.º 417 – junho/2018

8
Fogueiras de junho

O amigo Luiz Coronel, em tempo de colégio e de Bagé, dizia num tom de brincadeira: "Saudade é espinho cheirando à flor". Desde então assumi muitos espinhos e desisti de procurar novas definições para a agridoce saudade. Cutucado por alguns deles, bem pontudos, recordo festas juninas de minha infância. Valia a pena caprichar nas notas para entrar em férias no final de junho e ir para a campanha, para o Sobrado, a tempo de participar da festa de aniversário do meu irmão Zeca. Ela somava-se aos festejos de São Pedro e São Paulo em noites frias de pampa gelado.

Os preparativos começavam dias antes e envolviam todo o pessoal da casa. Desde a compra de foguetes, passando pelo preparo de beberagens e guloseimas, e arrematando com o erguimento da fogueira à frente da estância. Uma junta de bois carregava ramos de árvores escolhidas pelo seu Cirilo, homem para qualquer lida, e que levantava respeitável fogueira à distância segura das casas. Troncos de coronilhas tombadas eram valorizados pela qualidade de suas brasas, galhos de mata-olho evitados pela fumaça que produziam, enquanto cipós se encarregavam de dar unidade e consistência à estrutura já bem alta e com boa base.

Rojões e brilhos faiscantes pelo céu anunciavam a festa para a gurizada gritona. Brinquedos de roda conviviam com sustos e correrias na fuga aos busca-pés. Fagulhas e belas chamas se desprendiam da fogueira, que se ia consumindo até permitir que os mais afoitos começassem a pulá-la, e até mesmo que alguns poucos passassem descalços por sobre as brasas. Muita carne, batata-doce, pipoca, amendoim, rapadura; muito mate e algum quentão, refrigerantes para a turma miúda, assim se desenvolvia a festa até seu final. No mais, a fogueira já transformada em cinza quente, assumia-se como original borralho em meio ao branco dos campos cobertos pela geada.

Colégio, faculdade e vida de médico mudaram meus cenários das festas juninas. As cidades as festejavam de forma intensa e com rara criatividade. Aspectos de um Brasil caipira e tropical mesclavam-se com costumes gaúchos, ainda que exigindo roupas quentes para enfrentar o frio. E como eram ingênuas e impregnadas de religiosidade! Ruas interrompidas viravam palcos nas vilas e nos bairros, organizavam-se quermesses com fins caritativos e que propiciavam muitos namoros.

> Que se conservem a tradição, o folclore e a religiosidade dessas festas sem medo de afrontá-las ao batalhar pela proteção nossa e do meio ambiente. Juninamente, desejo que os velhos, no futuro, possam falar delas como o faço hoje, mas com menos restrições, graças à melhora no comportamento humano.

Mas tanto eu quanto as festas juninas fomos perdendo a inocência. De repente, eu me recusava a ficar próximo de fogueiras mantidas com pneus incendiados, cuja fumaça escura e malcheirosa emporcalha pessoas e suas roupas. Pior que isso, como estudante de Medicina e estagiário do Pronto Socorro, passei a valorizar e a temer as festas juninas como fornecedoras de acidentados graves. O potencial dos fogos de artifício para produzir queimaduras e destruição de partes de nossos corpos é muito grande e, por causa deles, são muitos os que morrem ou têm membros amputados, cegueira e outras sequelas graves. Para piorar tudo isso, as vítimas geralmente estão entre os jovens, entre os inexperientes. E mais, as tragédias nem sempre atingem apenas indivíduos ou grupos familiares, pois se repetem a cada ano os incêndios causados pela queda de balões e que matam, devastam casas, florestas, campos cultivados e criações.

Estarei eu falando contra festas populares? Não, apenas as quero seguras, alegres, sem tragédias. Nada deve empanar os festejos juninos, capazes de reunir gente de todas as idades em torno das fogueiras. Proibidos os balões, é necessário que os fogos de artifício sejam usados com segurança e por quem saiba manejá-los. Que se conservem a tradição, o folclore e a religiosidade dessas festas sem medo de afrontá-las ao batalhar pela proteção nossa e do meio ambiente. Juninamente, desejo que os velhos, no futuro, possam falar delas como o faço hoje, mas com menos restrições, graças à melhora no comportamento humano. Danos? Apenas os causados pelos espinhos perfumados da tal saudade.

SulRural n.º 418 – julho/2018

9
Primeira professora

O Continente de São Pedro no seu isolamento nem sonhava com escolas ou algo similar, quando a preocupação era sobreviver e as armas não tinham descanso. Instrução pelas redondezas, só nos Povos das Missões, e em língua espanhola. Mais de duzentos anos depois do descobrimento do Brasil, é que surgiu o Presídio de Jesus, Maria, José, semente da cidade-porto de Rio Grande. Na verdade, era uma fortaleza e visava a dar assistência à Colônia do Sacramento, enclave português a desafiar Buenos Aires. Levou tempo para que houvesse povoados e escolas, e isso só aconteceu de forma definida com a chegada das famílias açorianas. Administradores e a câmara, primeiro em Rio Grande e depois em Viamão e Porto Alegre, tomavam providências, mas as respostas eram tíbias. Quando em 1776 os portugueses puseram fim à dominação de grande parte do Rio Grande pelos espanhóis, um cirurgião de regimento do Rio de Janeiro escreveu:

> Os meninos logo de tenra idade aprendem a laçar cachorros, quando maiores terneiros, e quando homens potros, potrancas, éguas, cavalos, quer domésticos quer xucros. A ler e escrever se não empregam, pois todo o destino é laçar, é arrear e bolear.

Vejam que registro elucidativo através do olhar de um forasteiro e que deixou muitos informes sobre o tempo do surgimento do gaúcho. No Brasil independente e com os limites mais ou menos

> Os meninos logo de tenra idade aprendem a laçar cachorros, quando maiores terneiros, e quando homens potros, potrancas, éguas, cavalos, quer domésticos quer xucros. A ler e escrever se não empregam, pois todo o destino é laçar, é arrear e bolear.

consolidados, houve mais tempo para a educação, até no extremo sul. Mas ela chegava, ou através da preparação para as forças armadas, ou por iniciativa dos padres, num tempo em que a religião católica era oficial. A chegada dos alemães, dos italianos e de imigrantes de outras nacionalidades potencializaram os cuidados com a educação. Isso aumentou com a chegada da República, com o estado laico e a liberdade de culto.

Apesar do autoritarismo, Castilhos e Borges de Medeiros deram especial importância à educação, e muitas congregações religiosas e entidades de ensino se instalaram ou surgiram no Rio Grande do Sul no final do século XIX ou no início século XX.

Ainda quando a maioria da população vivia no campo, o Estado assumiu protagonismo na educação com as escolinhas do governador Brizola. Mas as facilidades oferecidas pelas cidades e a mecanização da agricultura despovoaram os campos, tornaram obsoletas as escolinhas rurais e exigiram das prefeituras os ônibus escolares para buscar no campo a gurizada em idade escolar.

Todas essas modificações ocorreram em pouco tempo; cresceu a cultura das creches, mas nada altera a valorização das primeiras professoras, das alfabetizadoras, das primeiras pessoas a assumirem a formação das crianças logo após os próprios pais. Hoje, alinho conceitos e saudade ao falar de ensino para homenagear minha primeira professora, falecida no dia 29 de junho, aos 91 anos de idade, em Sorriso (MT), na casa da filha caçula, que lá exerce a medicina. Lisette Saraiva de Souza alfabetizou-me na Estância do Sobrado, logo após ter casado com meu irmão mais velho, o Hélio. Após algum tempo no Sobrado, moraram na Estância do Guará em tempo de nascimento dos filhos Luís Fernando, Hélio José, Anita Maria, Otávio Henrique (falecido), Maria Amélia e Maria Teresa. Com a ida para Santa Maria e a separação do casal, Lisette, sempre professora, formou todos os filhos e ela mesma completou o curso de Direito. Poeta e sonhadora, teve intensa participação cultural e comunitária, que continuou ao voltar para seus pagos, em Lavras do Sul. Lá, integrou até vocal, feminino, e da terceira idade: o "Sempre Vivas".

São inesquecíveis as descrições que o Fernando Adauto, seu sobrinho, fazia das atividades na Estância do Guará, para onde se transferia nas férias escolares e se juntava aos tios e primos. Campereadas, pescarias, banhos de sanga, futebol, jogos de carta, tudo era festa e com o dedo da tia Lisette. Ela aprendia e ensinava. Segundo o Fernando Adauto, não só laçava, como pealava; não apenas de *cuchara*, mas também de sobrelombo. Foi uma mulher incrível a minha primeira professora...

SulRural n.º 419 – agosto/2018

10

Meus jardins

Será que alguém se prepara o suficiente para a aposentadoria? E sem as queixas pelas dificuldades crescentes da velhice? Acredito que sim, e divido com vocês um pouco da experiência que estou vivendo. Preparei-me para interromper as atividades de cirurgião cardiovascular aos setenta anos de idade, mas só as interrompi por completo próximo dos setenta e cinco. Era comovente o apelo dos colegas mais novos para que prosseguisse, mas eu tinha consciência de que os sobrecarregava, além de catalogar a cada dia limitações crescentes como cirurgião. O cansaço era grande quando a cirurgia passava das cinco horas de duração; as mãos não tinham a mesma firmeza, os olhos sofriam por trás das lupas... Parar se impunha, até porque a equipe não era tão grande a ponto de dispensar meu trabalho durante boa parte das cirurgias.

O bom é que os desafios de cuidar de área rural, a vontade de ler e escrever, as viagens e os cuidados com a família preencheriam, como preenchem, com sobra, o tempo deixado pela medicina. Isso tudo, numa aposentadoria planejada, assegura a sensação de estar a viver, senão a melhor, com certeza, uma boa idade. Com a fé e a gratidão dos emotivos, repetiria palavras que minha sogra enunciava sorrindo, despreocupada com possíveis infrações de natureza transcendental: "Deus é pessoa muito boa"...

Mas, afinal, hoje eu quero é falar das atividades na campanha e de iniciativas para ter uma vida sadia e ocupada. Duas decisões exigiram posicionamento radical: passar a administração da estância para um dos filhos, para isso devidamente preparado; e deixar de montar. A passagem de comando em vida dispensa comentários e está conectada com visão de futuro e com a adequada capacitação do escolhido. Abandonar o cavalo foi difícil, mas surgiu como necessidade de autopreservação. A instabilidade do joelho esquerdo ao usar o estribo para montar, associada a cirurgias para colocar placa num antebraço e evacuar hematoma intracraniano, tudo por conta do último tombo, desautorizavam aventuras equestres.

> Não se enganem com o velho curvado sobre a enxada; não o julguem um desajustado, um insatisfeito. Na verdade, não me basta o controle do Annoni, e vou criando áreas que chamo de "meus jardins" em terras reconquistadas à soja. Em áreas de limites imaginários, exerço atividade real e criativa.

A necessidade de uma atividade física que substituísse a academia e o golfe citadinos, associada à vontade de fazer algo útil, empurrou-me para o cabo da enxada. De início, associei-me aos peões na luta contra o Annoni, pasto africano muito resistente e que foi semeado por muitos fazendeiros para melhorar suas pastagens. Hoje reconhecido como agressivo invasor, pobre em proteínas e muito fibroso ao amadurecer, o tal pasto exige controle que significa erradicação, pois tende a tomar conta dos campos em que surge.

Agrada-me a humildade do uso da enxada, bem menos aparatosa do que cavalgar potros num pampa cheio de tradições e de lutas. Mas não se enganem com o velho curvado sobre a enxada; não o julguem um desajustado, um insatisfeito. Na verdade, não me basta o controle do Annoni, e vou criando áreas que chamo de "meus jardins" em terras reconquistadas à soja. Em áreas de limites imaginários, exerço atividade real e criativa. Vou combatendo o alecrim, a pita, a flor-roxa, as ervas espinhentas, incluindo o caraguatá, a carqueja, a buva, a maria-mole, a guanxuma e tantas outras pragas, enquanto espicho os olhos satisfeitos sobre as muitas touceiras ou manchas de melador, *kikuio*, flexilhas, cevadilha, pega-pegas, outras leguminosas, e sobre um azevém perenizado pelos cuidados dispensados ao solo e ao subsolo. Afinal eles merecem tratamento também na ausência da soja.

Faço aposta num banco: o de sementes, que teima em existir apesar dos anos com monocultura e defensivos. Também aposto nos tratores de apoio à pecuária, nas roçadas de campo, na preservação dos banhados e cursos d'água, em que fauna e flora embalam nossas vidas.

Amigos, de uma coisa eu não desisto enquanto uso a enxada. Não desisto de pensar grande e idealizar textos como este que divido com vocês. Afinal, tudo tem explicação científica, e o uso da enxada em "meus jardins" libera a cabeça para criações sem fim, reforçada pelas endorfinas decorrentes do salutar exercício físico.

SulRural n.º 420 – setembro/2018

11

Visitantes açorianos

Luiz Antonio de Assis Brasil e o escritor açoriano Carlos Tomé, junto com suas mulheres, percorreram a América do Sul numa bela excursão. Como Carlos desejava encerrar a viagem no pampa gaúcho e brasileiro, Assis Brasil e eu planejamos a estada dele e da Idelta entre nós, na Salamanca, estância em Lavras do Sul, que é minha e por herança açoriana. Apesar do inverno rigoroso, tudo andou bem num final de julho, sendo de lamentar apenas a curta permanência do casal nas Lavras, e que Luiz Antonio tenha estado só por algumas horas conosco, já que ele e Valesca tinham compromissos inadiáveis pós-viagem. Carlos Tomé, escritor e jornalista, recebeu o título de cidadão porto-alegrense em 2011, após reportagem premiada, e que virou livro, sobre a atuação dos açorianos em Porto Alegre e no Rio Grande do Sul. Tornou-se um conhecedor da terra e do povo gaúchos, mas nunca participara do dia a dia de uma estância em pleno pampa.

Portugal e os portugueses sempre me empolgaram, tanto como turista, quanto nas pesquisas sobre história. Que dizer então dos açorianos que vieram para o Rio Grande sem sonhos dourados, tão somente buscando um lugar para viver com suas famílias. Aqui se estabeleceram com muito trabalho e vida austera, cheios de religiosidade. Mas o impacto causado foi grande, embora falassem a mesma língua e obedecessem ao mesmo rei. Afinal, o Rio Grande da metade do século XVIII contava com quatro mil habitantes brancos ou mestiços, e chegaram mais de dois mil açorianos para habitá-lo. Eles

> Que dizer então dos açorianos que vieram para o Rio Grande sem sonhos dourados, tão somente buscando um lugar para viver com suas famílias. Aqui se estabeleceram com muito trabalho e vida austera, cheios de religiosidade. Mas o impacto causado foi grande, embora falassem a mesma língua e obedecessem ao mesmo rei. Afinal, o Rio Grande da metade do século XVIII contava com quatro mil habitantes brancos ou mestiços, e chegaram mais de dois mil açorianos para habitá-lo. Eles chegaram pobres e dispostos a fazer do nosso chão a sua pátria.

chegaram pobres e dispostos a fazer do nosso chão a sua pátria. Conseguiram isso com sobras e foram guerreiros na defesa de uma pátria em formação, cujas fronteiras ajudaram a estabelecer.

Por ser um apreciador da história e da geopolítica do Cone Sul da América Latina, reavivei conteúdos de computador e de gavetas antes da chegada do casal à Salamanca. Compartilhei com eles e com Assis Brasil fatos pouco conhecidos de nossa história, até porque relacionados com período em que a maior parte do Rio Grande estava sob domínio espanhol entre 1763 e 1776.

Ocorreu-me considerar como um dos maiores elogios aos ilhéus a ação de Don Pedro de Cevallos, um dos grandes vultos da Espanha na sua política ultramarina. Ele, do mesmo modo que Félix de Azara, não era apenas guerreiro ou negociador. Ambos preocupavam-se com a permanência efetiva nas terras conquistadas, coisa mais própria dos portugueses do que dos espanhóis. Pois foi Cevallos que, logo após conquistar grande parte do Rio Grande, quis garantir para a Espanha o concurso de agricultores e civilizadores da mais alta qualidade, os açorianos, que viviam nas imediações da cidade-fortaleza de Rio Grande. Como foi isso? Convenceu-os a migrar para terras mais próximas do Rio da Prata e do centro político da América Espanhola. Foi assim que, em três oportunidades, longas filas de carretas percorreram o pampa e chegaram a Maldonado para ocupar as terras prometidas. Colonos açorianos com suas famílias e pertences, sobretudo das Ilhas de Torotama, do Martins ou do Povo Novo, enchiam as carretas. Também havia desertores das forças portuguesas e até escravos de colonos mais prósperos, todos em lento deslocamento sob a proteção de soldados espanhóis.

Cevallos quis homenagear o rei Carlos III de Espanha, e a nova povoação chamou-se *San Carlos*, hoje simpática cidade próxima de Punta del'Este. Don Pedro de Cevallos logo deixou de ser vice-rei de Buenos Aires e voltou para a Espanha. Muitos de seus planos foram mudados, e não poucos migrantes voltaram para o Rio Grande. Mas o conceito que ele fazia dos açorianos merece registro nosso e dos *hermanos*. Gerações de descendentes dos ilhéus, no Brasil, no Uruguai e pelo mundo comprovam sua excelência como civilizadores. E, ainda hoje, o mar continua a abrir-se às gentes das belas ilhas vulcânicas dos Açores.

SulRural n.º 421 – outubro/2018

12
Enfrentamento de crises

A necessidade crescente de alimentos e de celulose no mundo têm tido reflexos diretos no Rio Grande do Sul. Agricultura altamente sofisticada e plantação de florestas em áreas nunca desmatadas não ocorrem por acaso. E tais atividades resultam em redução continuada das áreas de pastoreio e alterações de paisagem, flora e fauna de um pampa a ser defendido. Claro que campos de criação, lavoura e florestas podem e devem conviver pacificamente. Mas quando se vive uma crise na pecuária, alongada por mil e uma razões, cresce essa tendência reducionista, e escrevo esta crônica para espantar certo amargor que vai além do existente na erva do mate nas madrugadas.

Notícias de um século atrás falam de fazendeiros apelando ao governo do Estado para que fosse permitido o abate de matrizes, apesar de disposição federal que o proibia em todo o país. Logo após, era festejada a participação do Dr. Borges de Medeiros por ter conseguido tal intento. Na verdade, por ocasião das crises, tidas como cíclicas na pecuária, o abate de matrizes representava uma das saídas para os produtores. Hoje, cem anos depois, tal comportamento não está afastado, mas surge como uma entre muitas alternativas para fugir aos baixos valores estabelecidos pelos frigoríficos na compra de bois gordos. Vender animais para serem terminados em confinamentos passou a ser prática comum, bem como a venda para navios que transportam gado em pé para consumo em países do Oriente Médio.

Serão tais práticas as melhores soluções? Certamente que não, mas atuam como alternativas válidas num mercado que se caracteriza pela inexistência de uma cadeia racional, capaz de assegurar valores e preços satisfatórios nas duas pontas: produtores e consumidores finais. De qualquer maneira, é importante que não se perca a noção do alto valor de nossa carne e que será absorvida tanto pelo mercado externo quanto pelo interno.

> É preciso preparo para vender ecologia, sendo difícil imaginar que o mundo resista ao consumo da carne de animais criados em campos com pasto nativo, bebendo água de sanga, subindo e descendo suaves coxilhas.

É preciso que não se abandonem as boas práticas no aproveitamento dos campos nativos e melhorados por causa de crises, ainda que elas sejam duradouras e cheias de reflexos negativos.

Frigoríficos enormes e hegemônicos, com dinheiro fácil e propiciadores de propinas mundo afora, certamente já mostraram o quanto podem ser nocivos nas mãos de pessoas desonestas e despreparadas. Frigoríficos que assegurem cortes especiais, capazes de concorrer em nichos sofisticados de mercado no Brasil e no exterior têm de existir, mas não podem ser os únicos. Matadouros regionais e municipais não podem fechar suas portas, e nenhum outro terá como eles facilidade para estabelecer tabelas de abates, antecipação de renda e outras vantagens para fornecedores conhecidos e fiéis, sobretudo entre pequenos e médios produtores. Mas todos têm de ser fiscalizados e integrar rede pública e abrangente na luta contra o abate clandestino e o abigeato.

Num passado difícil em que os períodos de estiagem e os surtos de aftosa afetavam a todos em fase anterior às vacinas, souberam nossos antepassados vencer desafios como o melhoramento genético dos rebanhos e o acréscimo de pastagens de inverno em nossos campos, cuja cobertura vegetal foi conservada para satisfação do mundo. Eles acreditavam no futuro e conviviam com a natureza. É preciso que conservemos a mesma sina e o façamos estimulados por uma visão de século XXI, certos de estarmos produzindo um dos mais completos e gostosos alimentos, cuja aceitação crescerá na razão direta da diminuição da pobreza num mundo menos sujeito a utopias.

É preciso preparo para vender ecologia, sendo difícil imaginar que o mundo resista ao consumo da carne de animais criados em campos com pasto nativo, bebendo água de sanga, subindo e descendo suaves coxilhas. Busquemos a excelência na qualidade de vida, nossa e dos nossos animais. E isso reforçará nossa comprovada capacidade para enfrentar crises.

SulRural n.º 422 – novembro/2018

13
Ano de 1918: guerra, gripe, carvão, carreiras

Tudo ocorre por acaso ou é determinado pelo destino, de acordo com o *Maktub* dos árabes? Penso nisso ao remexer em memórias antigas, que evocam outras ainda mais remotas, de pessoas que me foram muito queridas. Misturo gentes e cidades que participam na gênese de meus afetos: Lavras, São Jerônimo, doutor Crispim, o Coronel João Menino, o castelhano Orfilo e algumas inconfidências de minha sogra, a inesquecível dona Regina. Falo de coisas ocorridas cem anos atrás e que nunca *acolherei* como faço hoje.

Inicio com anotação do estudante de Medicina e remador Crispim Souza a falar de treinamento e piquenique pelas ilhas do Guaíba. Barco e guarnição do Tamandaré chegaram até São Jerônimo em 1913. Já em tempos de Segunda Grande Guerra, o comércio mundial sofria com o afundamento de navios mercantes.

Era importante para o Brasil contar com outro carvão mineral que não o importado da Inglaterra e a solução passava pela exploração das reservas existentes em São Jerônimo, no Rio Grande do Sul. Pelo menos em três frentes surgiram companhias que instalaram minas no Butiá, no Arroio dos Ratos e no Leão. A instalação e o funcionamento delas teve apoio decisivo do intendente de São Jerônimo, o coronel João Rodrigues de Carvalho, mais conhecido por Cel. João Menino e que administrou São Jerônimo enquanto Borges de Medeiros mandou no Estado.

> Era importante para o Brasil contar com outro carvão mineral que não o importado da Inglaterra, e a solução passava pela exploração das reservas existentes em São Jerônimo, no Rio Grande do Sul. Pelo menos em três frentes surgiram companhias que instalaram minas no Butiá, no Arroio dos Ratos e no Leão.

O apoio do Município à mineração foi decisivo; diretores das companhias eram recebidos festivamente na estância do coronel, e, não por acaso, as ruas iniciais do povoamento nas Minas do Leão receberam o nome das três filhas do intendente: Anita, Lourdes e Regina.

Também em1918, o médico recém-formado Crispim Souza voltou para sua terra e logo enfrentou o desafio da gripe espanhola. Instalou hospital improvisado nas antigas instalações da companhia inglesa exploradora de minas de ouro. Morria muita gente pela gripe em todo o mundo, e as comunidades preocupavam-se quando alguém desaparecia.

Mas o castelhano Orfilo, guerreiro e vaqueano da confiança de Crispim, quando intendente e nas revoluções, costumava desaparecer de quando em quando. Com sua pequena estatura e rara habilidade, Orfilo era jóquei de carreiras de cancha-reta com renome em todo o Estado. Naquele 1918, fora convocado para ser jóquei em carreiras, que se constituíam na principal atração das festas organizadas nas Minas do Leão para festejar a abertura de um novo e importante poço. Afinal, os cavalos puro-sangue do coronel João Menino exigiam jóqueis de categoria.

Como filho do Dr. Crispim, casado com uma filha da dona Regina e neta do Coronel João Menino, *acorelho* notas sobre 1918, ano marcado pelo final da Primeira Grande Guerra, pela gripe espanhola e por desafios enfrentados pelo Brasil, única nação sul-americana a participar diretamente da guerra. A busca de soluções mobilizava o Estado. Além do fornecimento de carvão mineral, as charqueadas, por exemplo, foram forçadas a abandonar o sal de Cadiz e a substituí-lo por similar produzido no Nordeste brasileiro. Gentes de terras remexidas em busca de ouro ou de carvão construíam vidas cheias de certezas e de quimeras.

Tanto o Coronel João Menino, quanto o Dr. Crispim encerraram o protagonismo político ao acompanharem Borges de Medeiros em 1932, na Revolução Constitucionalista. Numa luta desigual, Borges apoiou São Paulo, tendo ao lado os antigos adversários libertadores, e enfrentando seus habituais defensores e pupilos republicanos: Getúlio Vargas, no plano federal, e Flores da Cunha no estadual. Com a derrota, Borges foi isolado em Recife; o Coronel João Menino, da mesma forma que um tio e um primo meus, estiveram presos por algum tempo. Lá, privado da liberdade, o Coronel foi companheiro de cela de um jovem que se iniciava na política: Alberto Pasqualini. Mas essa já é outra história, impregnada de recomeços e sem jamais abandonar a esperança ou a sina de buscar novos rumos.

SulRural n.º 423 – dezembro/2018

14
Não vamos brigar por carrapatos

Trabalhar com bovinos sem o *stress* e as doenças associadas a infestações por carrapato será sempre o ideal. Mas a praga está aí e desde os tempos da Revolução Farroupilha. Prejuízos e gastos para combatê-la têm sido incalculáveis, e não há perspectivas que permitam pensar em erradicação próxima, nem dele, nem da tristeza parasitária, sua dependente.

Há dez anos, na Salamanca, trabalhamos sem carrapato, num esquema de banhos carrapaticidas programados. O ciclo do parasita é interrompido, os campos ficam livres das larvas e tudo funciona muito bem, desde que não haja contato com gado ou campo infestados. Mas conseguir isso não é fácil, pois as cercas, os aramados não garantem o isolamento de animais com carrapato das propriedades vizinhas.

Problemas? A imunidade à Tristeza é menor no gado não carrapateado e casos da doença podem surgir a cada contaminação. Isso também se reflete na comercialização, quando o gado livre de carrapato, por ser mais suscetível à doença, tem mercado mais restrito, mais relacionado com o abate.

A vontade de mudar para melhor aumenta quando acontecem dias de campo entusiasmantes, como o ocorrido na Estância São Crispim, dentro das atividades da Alianza del Pastizal. Lá, em campos nativos e melhorados, vimos novilhas sendo inseminadas aos 14 meses de vida, bem como a repetição, anos seguidos, de ótimos índices de natalidade.

É na base desse entusiasmo salutar que sugiro pequena alteração de manejo para continuar sem carrapato nos bovinos cuidados pelo meu filho Diogo, na Salamanca, ou pelos sobrinhos Adauto e Gustavo, na estância e na cabanha São Crispim. A sugestão nasce como nas conversas de fim de dia com o Fernando Adauto, de que tenho saudade. À beira do fogo e bebericando um bom vinho, isso acontecia com frequência, pois nossas casas eram separadas por apenas seiscentos metros de pampa. A conversa era muita, e pouco o vinho consumido (por vezes o muito e o pouco se invertiam).

> [...] até o combate ao carrapato pode servir de motivo para separar pessoas. Afinal, o parasita surgiu no Rio Grande nas primeiras décadas do século XIX e teria agravado o descontentamento dos criadores gaúchos com o Império, motivo para a Revolução Farroupilha.

Sem assunto proibido, nem sempre os ânimos eram pacíficos; mas com bom senso, o amor às raízes e à vida servia de norte para as discussões, que, por vezes, viravam crônicas para o *SulRural*. Enfim, voltando ao lado prático, lá vai a sugestão: submeter os animais jovens a infestações de carrapato programadas, em áreas pouco extensas, próximas das sedes das propriedades e bem cercadas. Nelas, será mais fácil revisar toda a lotação do potreiro pelo menos duas vezes ao dia, e assegurar tratamento efetivo, com mínima mortalidade, para os animais que desenvolvam a doença.

Isso propiciará vigilância localizada e intensiva, ao invés de revisões gerais que implicam percorrer grandes distâncias e examinar o gado distribuído ao longo das cercas compartilhadas com vizinhos cujos animais e campos convivem com o carrapato. E será nesses "piquetes de infestação" que será solto o gado adquirido em leilões de fim de semana, por exemplo, e que no momento atual é desembarcado diretamente para tratamento com carrapaticida. A proposta funcionará como mais uma ferramenta dentre as muitas que integram o manual de boas práticas da nossa pecuária. Não implica despesa extra e visa aproveitamento mais racional do pessoal das estâncias.

    Terei convencido os administradores nominados e os leitores da validade da proposta? Creio que sim, e que até haverá mais gente desejando trabalhar sem carrapato, estimulados pelo desejo de assegurar melhores condições de bem-estar e de sanidade aos seus animais. Mas se a sugestão não for aceita, valerá como um aceno de boa-vontade entre vizinhos, de paz, numa época de radicalizações, em que até o combate ao carrapato pode servir de motivo para separar pessoas. Afinal, o parasita surgiu no Rio Grande nas primeiras décadas do século XIX e teria agravado o descontentamento dos criadores gaúchos com o Império, motivo para a Revolução Farroupilha. Se os recursos atuais são insuficientes para erradicá-lo, busquemos soluções válidas contra ele, mas sem brigar uns contra os outros.

SulRural n.º 424 – janeiro/2019

15
Jejum e receio

Ainda na fase de valorizar Natal, parábolas e histórias edificantes ou divertidas, vou lembrar uma contada pelo Dô, meu cunhado, pai do Fernando Adauto, da Ana Maria, do alemão Gilberto e do Guilherme. O apelido, última sílaba acentuada do nome Fernando, fixara-se nos tempos em que atuava como jogador de futebol e nas rodas boêmias, nas serenatas, ao exercitar voz e violão. A verdade é que suas visitas de noivo à Vera, na Estância do Sobrado, eram muito festejadas pela gurizada da casa, pois ele sabia como poucos alternar música e histórias que se iam encaixando no imaginário de guris de campanha. Algumas ficaram bem gravadas em minha memória, de onde hoje seleciono uma delas para compartilhar com os leitores.

Num tempo que já vai longe, quando não havia automóvel e as viagens eram feitas na base do cavalo, os gaúchos valorizavam a hospitalidade de uma forma comovente, até porque, em alguma ocasião, dela poderiam depender. Mandar desencilhar, servir mate e oferecer boia e pousada fazia parte do bem-receber. É claro que isso não dispensava minuciosa observação do paisano recém-chegado, da sua montaria, das vestes e arreios, bem como do trato dispensado por ele à montaria e a seus pertences.

Em alguns lugares o tratamento incluía lavar os pés de quem chegava, como ocorreu com o nosso viajante, que desde a madrugada cavalgava com poucos intervalos para descansar, arrumar os arreios e beber água de sanga. O fiambre, as *galletas* tinham sido devoradas

> Num tempo que já vai longe, quando não havia automóvel e as viagens eram feitas na base do cavalo, os gaúchos valorizavam a hospitalidade de uma forma comovente, até porque, em alguma ocasião, dela poderiam depender. Mandar desencilhar, servir mate e oferecer boia e pousada fazia parte do bem-receber. É claro que isso não dispensava minuciosa observação do paisano recém-chegado, da sua montaria, das vestes e arreios, bem como do trato dispensado por ele à montaria e a seus pertences. Em alguns lugares o tratamento incluía lavar os pés de quem chegava [...]

havia algum tempo, e a fome não era pouca. Olhando para o sol e os horizontes, calculava o meio-dia, e ainda estava distante da estância que divisava ao longe. Não seria aconselhável apressar a marcha, pois o cavalo, suado e arfante, dava mostras de cansaço em dia quente de verão. Mas sombra de árvores, casa, galpão e expectativa de presença humana reavivavam cavaleiro e montaria. Finalmente, anunciados pelo latido dos cachorros, ouviu-se um *Ô de casa*, enquanto alguns peões saíam pela porta do galpão e o patrão se aproximava, respondendo à saudação de *Laus Sus Cris* (Louvado seja nosso Senhor Jesus Cristo), feita pelo recém-chegado. A ele não passara despercebido ter chegado com atraso, na hora da sesta, que sucede ao almoço nas estâncias e recupera o pessoal para as lides da tarde.

Claro que o Dô ia adaptando a história à capacidade de entendimento da gurizada, bem como dando espaços para perguntas e comentários, que por vezes alteravam enredo e fluxo do que pretendia dizer. Por sabedoria que a vida lhe propiciara, adequava as histórias ao público, como fazem os editores de literatura infantil no aproveitamento de textos, por vezes trágicos, de autores consagrados, como os irmãos Grimm, Hans Handersen e tantos outros. Certamente os autores citados não seriam tão conhecidos mundo afora não fossem mascaramentos e traduções orientados através dos tempos e com valorização crescente de imagens e cores.

Numa cadeira de balanço, cercado pelos guris, que disputavam seus joelhos, ele criava fatos e personagens que preenchiam o imaginário de ouvintes atentos e curiosos. Dô pontilhava linhas que iam sendo preenchidas pela imaginação e pela memória de cada um. As interrogações eram muitas e às vezes serviam como ponto-final e instigante das histórias.

Mas, voltemos ao paisano e sua fome. Estava claro para ele que chegara após a refeição, algo muito precioso em dia de estômago vazio. Desencilhou, foi bem recebido, mas ninguém mencionava alguma coisa que lembrasse almoço, comida, boia... Antes que o estancieiro voltasse para a sesta, ordenou que trouxessem banco, bacia, jarro com água e toalha para lavar os pés cansados do visitante, que se ia apresentando ao prosear na roda de mate. O peão caseiro ia iniciando o preparo do ritual do lava-pés quando o paisano, avaliada a situação e a fome, perguntou com voz entre firme e suplicante: Será que não faz mal lavar os pés em jejum?

SulRural n.º 425 – fevereiro/2019

16
Terneiros, ciência e devaneios

Na edição de janeiro do *SulRural*, minha crônica saiu com título truncado. Ao invés de "Não vamos brigar por carrapatos", saiu "Não vamos brigar com carrapato", o que alterou significado e coerência com o texto. Feito o registro em atenção aos leitores, reafirmo como ideal a possibilidade de trabalhar sem carrapato, mas com gado *carrapateado*. Também reitero a noção de que vizinhos não devam brigar por causa do parasita. Após a pequena correção, passo a falar de coisas que aprendi com viagens e com o viver. Relato experiências no atender a chamados da área científica, sem jamais perder o pé da realidade, nem do pampa.

Ainda moço, mas já casado e com dois filhos, morei em Cleveland (Ohio, USA) nos anos de 1971-1972. Fui para aperfeiçoamento dentro da cirurgia cardíaca, em hospital que liderava no mundo os procedimentos de revascularização do miocárdio. Ou seja, no centro que mais desenvolvera cirurgias para tratar o entupimento das artérias coronárias, as que nutrem o próprio coração. Alguns anos depois, voltei a Cleveland e tive oportunidade de conhecer, na área de pesquisa, a cirurgia experimental, setor que não tivera tempo para frequentar nos tempos de *fellow*.

Fiquei impressionado com a importância que assumira a área dos transplantes e da substituição do coração por aparelhos mecânicos, totalmente artificiais, e que já então substituíam órgãos muito doentes de forma definitiva, ou até o surgimento de coração de doador compatível. Vários terneiros da raça holandesa viviam com corações artificiais, enfileirados dentro de laboratório-estrebaria. Lembro o aparente conforto deles, ruminando, apesar de parcialmente suspensos no ar e conectados a tubos, aparelhos e monitores. Um dos terneiros, entretanto, destoava dos demais. Magro, pelo sem brilho, fazia esforços para respirar. Alguém da equipe que assistia os animais disse-me que ele só usava um dos pulmões, pois o outro era totalmente ocupado por bolhas de enfisema, coisa que passara despercebida na hora de selecionar animais sadios para serem *sacrificados* a longo prazo em nome da ciência. Imagens radiológicas não deixavam dúvidas quanto à presença de enormes bolhas de ar ocupando o espaço que deveria ser de um pulmão normal. Quem poderia pensar que aquele mamífero nascera com bolhas de enfisema?

> Quantificar realidades embaraçosas é tarefa difícil e desagradável quando perduram por muito tempo. Isso acontece no convívio forçado com o carrapato e com a tristeza parasitária bovina.

Tal alteração prejudicava a validade de dados obtidos e aceleraria o sacrifício do animal. Apesar disso, a necropsia seria útil ao revelar dados macro e microscópicos da integração dos tecidos do terneiro com o coração artificial. Sem deixar de ser cirurgião cardiovascular, nem produtor rural nas Lavras, fui assaltado por devaneios diante do que via. E terneiros retoçando pelas coxilhas do pampa pareciam bem mais felizes como futuros fornecedores de cortes especiais em supermercados, quando comparados com aqueles, ali na minha frente, destinados a serem mártires numerados de tabelas com anotações científicas.

Quantificar realidades embaraçosas é tarefa difícil e desagradável quando perduram por muito tempo. Isso acontece no convívio forçado com o carrapato e com a tristeza parasitária bovina. Certamente as unidades de carrapateamento sugeridas por mim podem ser melhoradas com período de tratamento planejado e que diminua a incidência da doença, mas tudo tem de ser feito com assistência técnica adequada.

Meu continuado interesse pelo bem-estar animal e a necessidade de tornar viável e lucrativa a nossa pecuária exigem soluções que serão precárias enquanto não houver uma efetiva imunização vacinal contra tais males. A facilidade do carrapato em desenvolver resistência a tratamentos e o fato de a tristeza parasitária não depender de um único agente etiológico infernizam a vida dos produtores. Mas com dose generosa de otimismo, acredito que ainda assistirei ao surgimento de vacina efetiva contra a tristeza parasitária, com embasamento molecular, sem riscos de propagar doenças. E talvez meus netos venham a tratar do carrapato como mera curiosidade histórica.

SulRural n.º 426 – março/2019

17
Campanhas e centenário

Perdoem-me os produtores de fumo, mas vou desagradá-los. Quando me tornei médico, em 1965, pelo menos dois eminentes professores e cardiologistas fumavam e alegavam fazê-lo pela falta de evidências científicas sobre os malefícios causados à saúde pelo cigarro. As tais evidências chegaram aos montes e os dois mestres evoluíram como vítimas do fumo, eles mesmos, depois de trabalhoso e tardio abandono do hábito, que não os livrou de tratamentos penosos e paliativos.

Ainda como estudante, participei de campanhas antifumo e, como médico novo, escrevi contra a maléfica ação de belas moças que distribuíam carteiras de cigarros entre os banhistas do nosso litoral: a gurizada fazia filas para receber as amostras... Ao ocupar cargo de diretor de relações públicas na AMRIGS, instituí concurso de cartazes ou *banners* contra o fumo e lidei com diferentes posicionamentos do pessoal da imprensa, de quem muito dependia o sucesso do concurso. Senti o peso da indústria fumageira como grande patrocinadora de eventos, sobretudo esportivos. As direções de jornais, de emissoras de rádio e de televisão tergiversaram, por exemplo, na hora de indicar pessoas para compor a comissão julgadora do concurso e pouco divulgaram o evento. Apesar disso, o concurso foi um sucesso e até hoje sinto reflexos da sua importância.

O vencedor foi um médico, o Dr. Ronaldo Cunha Dias, clínico em Vacaria e consagrado chargista. Ele já vencera certames internacionais de caricatura e introduzira o uso de cores em seus trabalhos.

> Na sua simplicidade, ele tinha a sabedoria dos experientes e gostou de uma das adaptações que eu fizera para dialogar com pacientes fumantes no curto espaço ocupado pelas consultas de ambulatório.

Além disso, elaborara as capas dos sete tomos que compõem a série *Médicos (pr)escrevem*, cuja coordenação dividi com os doutores Franklin Cunha, Fernando Neubarth e José Eduardo Degrazia. Como era o cartaz? Homem com cara sofrida tem seu tórax atravessado por um enorme cigarro aceso e pergunta em pequena nuvem "É grave, doutor?" A qualidade do traço e a singeleza da mensagem facilitaram a tarefa da comissão julgadora.

Mas a motivação para escrever hoje sobre o cigarro está por conta da comemoração de um centenário: o de Gildo de Freitas, pessoa muito querida no tradicionalismo gaúcho, no qual ocupa nicho muito especial como artista e como ser humano. Num tempo em que atendia ambulatório do INAMPS no Viaduto da Borges de Medeiros, conheci-o. Ele não me procurara, nem tivéramos contato anterior; eu apenas o atendia porque seu médico assistente estava de férias... Mas isso não impediu que eu o cumprimentasse por ser autor de trabalho pouco conhecido contra o cigarro. Casualmente eu conhecia seus versos e os comentara com colegas. Na sua condição de homem bom, procurava estimular os jovens para que evitassem o cigarro, grande responsável pelo enfisema pulmonar que tanto o afligia e impunha limites no emprego da voz. Ele ficou emocionado com a lembrança e eu passei a divulgar, mais do que antes, o valor de sua colaboração. Lembro que falamos um bocado sobre a necessidade de fazer frente às muitas mensagens pró-fumo do dia a dia dos meios de divulgação e propaganda. Na sua simplicidade, ele tinha a sabedoria dos experientes e gostou de uma das adaptações que eu fizera para dialogar com pacientes fumantes no curto espaço ocupado pelas consultas de ambulatório.

Afinal, quando alguém chegava tossindo, dedos e dentes amarelados, hálito com sarro inconfundível, eu fazia pausa de aparente desligamento e dizia alguma coisa como: *Fiz duas coisas muito erradas na vida...* O habitual é que o paciente perguntasse sobre o que eu fizera de tão errado, e eu, então, concluía: *Fumei dois cigarros.* Às vezes a mensagem funcionava, sobretudo se já tivesse conquistado a confiança do paciente em consultas anteriores. O certo é que agradei ao Gildo naquele contato ocorrido há muitos anos e que rememoro para homenagear o grande trovador no ano em que se comemora o centenário de seu nascimento.

SulRural n.º 427 – abril/2019

18

Sepúlveda ou José Marcelino

A história do Rio Grande do Sul é muito rica e sou um divulgador, sobretudo da sua fase colonial, a menos conhecida. Há personagens incríveis que compensam o fato de o Rio Grande português só ter iniciado duzentos anos depois do descobrimento de Cabral. Em homenagem ao aniversário de Porto Alegre, relembro seu mais que fundador, um nobre português conhecido como José Marcelino de Figueiredo.

Portugal reorganizava seu exército com assistência direta dos ingleses; eram tempos do Marquês de Pombal. E foi num jantar festivo ao final da Guerra dos Sete Anos (1756-1763), que o capitão de cavalaria Manoel Gomes de Sepúlveda, após receber ofensas e agressão, matou oficial inglês e se refugiou na Espanha. O processo aconteceu à revelia e resultou na condenação à morte de Sepúlveda. Bem antes da conclusão do processo, entretanto, Pombal tomara decisões sigilosas e que visavam a aproveitar o brioso oficial: enviou-o para o Brasil e com o nome trocado para José Marcelino.

Tão logo se apresentou ao vice-rei no Rio de Janeiro, ele foi enviado para servir como coronel na Capitania do Rio Grande de São Pedro, parcialmente ocupada pelos espanhóis desde 1763. Estes dominavam a maior parte do território e a navegação interna, já que tinham posse das duas margens do desaguadouro da Lagoa dos Patos. Os portugueses contavam com Viamão e suas imediações, com o litoral norte e com as terras de Rio Pardo, de fronteiras incertas e variáveis.

José Marcelino logo entendeu a necessidade de expulsar os espanhóis e foi decisivo na reconquista da margem norte do canal da barra. Em 1769 foi empossado como governador, e logo tomou providências que transformaram o Porto dos Casais em capital da capitania, antes mesmo que fosse vila e já com o nome trocado para Porto Alegre.

> Em homenagem ao aniversário de Porto Alegre, relembro seu mais que fundador, um nobre português conhecido como José Marcelino de Figueiredo.

Sem recursos extraordinários, resistiu à nova investida espanhola comandada pelo vice-rei de Buenos Aires, Vertiz y Salcedo, que, passando pelas cabeceiras do Rio Negro, fundou o Forte de Santa Tecla e chegou às imediações de Rio Pardo. Daí teve de voltar, graças a guerrilhas e combates que consagraram Rafael Pinto Bandeira e outros fronteiros. Mas foram decisivos os estratagemas do próprio governador José Marcelino, que se deslocou para Rio Pardo.

Após a retirada das forças de Vertiz, cresceram os esforços para expulsar os espanhóis. E tudo ficou mais fácil quando o vice-rei, Marquês do Lavradio, concentrou no Rio Grande forças vindas de Portugal e de todo o Brasil, sob o comando do general João Henrique de Böhn. Após as ações de São Martinho e Santa Tecla, os espanhóis foram derrotados em Rio Grande e abandonaram nossas terras. Assim terminava a ocupação espanhola em abril de 1776.

Mais do que militar, José Marcelino foi um grande administrador. Estimulou a agricultura, alimentou exércitos, construiu navios e palácio, desenvolveu povoações, distribuiu terras, combateu malfeitores e muito mais fez. Velhos, mulheres e crianças indígenas, remanescentes de Caiboaté, e que sobreviviam nas proximidades de Rio Pardo, foram deslocados para a Aldeia dos Anjos, origem da atual Gravataí. Lá, criou o Colégio das Servas de Maria para educar meninas indígenas e prepará-las, até com dote, para casarem com os soldados e colonos de então. Nada escapava aos cuidados do governador...

Mas era autoritário e se indispôs com a Câmara, desejosa de permanecer em Viamão; com o vice-rei, que o manteve punido no Rio de Janeiro; e com muitas outras pessoas e autoridades. Seu maior e derradeiro enfrentamento foi com Rafael Pinto Bandeira, cuja fama ajudara a construir. Prendeu-o e o mandou escoltado para o Rio de Janeiro, após sequestro de bens. O processo foi trancado, Rafael retornou vitorioso e logo foi o primeiro rio-grandense a ser brigadeiro. E José Marcelino teria acabado? Nada disso. Como Manoel Gomes de Sepúlveda, voltou a servir em Portugal e foi um dos heróis na expulsão dos exércitos invasores de Napoleão Bonaparte.

SulRural n.º 428 – maio/2019

19
Os últimos dias de Sepé Tiaraju

O natural interesse pelas Missões Jesuíticas hoje está exacerbado pela possível canonização de Sepé Tiaraju no Vaticano. Já antes, poucas histórias como a dele tinham sido tão divulgadas, e sempre despertando ondas de paixão ou de racionalidade. A dificuldade para separar a história da ficção aumentaria com o passar do tempo? Pensemos. Há algumas décadas, o Instituto Histórico e Geográfico do Rio Grande do Sul cindiu-se e quase desapareceu quando o governador do Estado quis um parecer sobre a validade histórica de levantar um monumento a Sepé Tiaraju como herói rio-grandense.

Após discussão contaminada pelas paixões, a ala fiel à fundamentação lusitana, liderada por Othelo Rosa, venceu, e o parecer foi contrário à homenagem. Sepé mereceria honrarias, mas não prestadas pelos portugueses e seus descendentes a quem combatera até o momento de sua morte. O tempo e o melhor conhecimento dos fatos, com diminuição das suscetibilidades ibéricas e dos preconceitos de brancos europeus contra os gentios sul-americanos só fizeram crescer o líder indígena, nascido nas terras que defendeu contra invasores. Fragmentos da vida de Sepé passaram a ser cantados em prosa e verso, enquanto estudiosos da obra missionária dos jesuítas intensificavam suas pesquisas. Delas, surgem a cada dia documentos, até agora desconhecidos, de figuras importantes como o padre Tadeu Hennis.

Participação recente em debate na Feira do Livro da minha querida Lavras do Sul reacendeu o assunto e motiva a presente crônica. Lá, tive contato com estudioso e pesquisador de assun-

> Acredito que o culto a Sepé preconizado por diferentes credos apenas complementa uma santificação já consagrada pela cultura popular [...]

tos missioneiros, e com autora espírita de livro que examina a mediunidade de Sepé Tiaraju e a permanência de seu espírito entre nós. Acredito que o culto a Sepé preconizado por diferentes credos apenas complementa uma santificação já consagrada pela cultura popular, com registros na geografia e na história.

Com lunar ou sem ele, a autenticidade do herói indígena assegura-lhe um nicho compartilhado pela história e pela tradição no Rio Grande do Sul, sem prejuízo da repercussão global que as religiões e o sobrenatural asseguram. Como cacique ou como corregedor de São Miguel Arcanjo, ele buscou a paz e o entendimento. Não titubeou, entretanto, ante exércitos e agentes das majestades ibéricas, e soube usar suas aptidões de guerreiro na defesa da terra e do cristianismo dos jesuítas, deste cristianismo tão perseguido por cristãos...

Na rotina de acordos não cumpridos, morreu lutando após o Tratado de Madrí, na defesa de uma utopia que se ia realizando, ainda que de forma artificial e com direta dependência dos padres jesuítas. Só guerreou quando não havia outro caminho para conservar a terra que cultivavam e desenvolviam. A luta era desigual e ele via as guerrilhas, na permanente e variada fustigação dos exércitos espanhol e português no seu deslocamento pela Coxilha Grande, como a única alternativa para obter vantagens, sem combate direto em campo aberto.

Destruir os ranchos de Santo Antônio, o Novo; atear fogo nos campos macegosos; afastar gado e provisões; tudo era feito para atrasar e dificultar a marcha dos exércitos ibéricos rumo aos Sete Povos. Essas providências e a tarefa de atrair e bater pequenos contingentes de soldados, atraídos por estratagemas de conhecedores do terreno, ocuparam todo o tempo de Sepé no final do ano de 1755 e no início de 1756, na segunda fase da Guerra Guaranítica. E isso ocorreu, sobretudo, em terras do atual segundo distrito do município de Lavras do Sul, lá onde houve até duzentos ranchos para abrigar os índios encarregados de cuidar do gado em um dos postos da Estância de São Miguel.

Dita estância chegara a ter duzentas mil rezes e ocupara terra de alguns dos atuais municípios da região. Foi nas proximidades da atual São Gabriel, à beira de uma sanga, que rodou o cavalo de Sepé e ele, no chão, foi ferido por lança de soldado português. O governador de Montevidéu, com um tiro, teria completado o serviço em sete de fevereiro de 1756, poucos dias antes da tragédia de Caiboaté.

SulRural n.º 429 – junho/2019

20

Noite escura e perfumada

A chegada à terceira idade aumenta nossa tolerância com as limitações naturais, o que não impede e até estimula alguma gozação sobre dificuldades que também são as nossas. Ouvi muitas histórias na infância, sobretudo as que envolviam a sábia tolerância de meu avô paterno e a estância em que nasci. São relatos muito antigos em que é difícil separar os fatos das lorotas contadas de boca em boca e que vão sendo enriquecidas com o passar dos anos.

Dias atrás, recordei a visita de um parente no tempo em que elas duravam alguns dias, até para que os hóspedes descansassem das muitas horas de cavalgada. Seu Arcanjo, compadre de meu avô, estava no cerne. Convivia com deficiências de visão, de audição e mais algumas outras, num tempo em que não se operava catarata, não existiam aparelhos auditivos, nem outros recursos da modernidade. Ele se ia adaptando, como fizera ao escolher o cavalo para o passeio: tinha de ser maduro, bem manso, de bom trote e conhecedor de caminhos.

Meu avô apreciava muito as visitas do parente amigo e sabia um bocado sobre suas manias e necessidades. Assim, encaminhou o compadre para quarto em um puxado de construção recente, com acesso direto ao exterior e com piso firme, sem degraus. Além do mais, havia uma segunda cama, que permitia a presença amiga de peão antigo, companhia muito conveniente até por ser alguém mais moço, com menos baldas e achaques. O quarto se comunicava com depósito sem aberturas e com as paredes parcialmente cobertas por prateleiras que, entre outras utilidades, serviam para guardar e maturar queijos. O tal depósito, com porta e trinco semelhantes às das aberturas da casa, não deveria interferir na visita. Embora vazio e submetido a limpezas, conservava o cheiro proveniente da sua utilização habitual.

> Ouvi muitas histórias na infância, sobretudo as que envolviam a sábia tolerância de meu avô paterno e a estância em que nasci.

O tempo se enchia com muita prosa, rodas de mate e palheiros pitados bem devagar. Os compadres partilhavam com o pessoal do galpão histórias que voltavam longe no passado e, não raro, desafiavam a credulidade dos mais novos. Quando isso ficava evidente, algum dos mais velhos lamentava estarem mortas todas as pessoas que poderiam confirmar a veracidade das afirmações. Das coisas atuais, tempos de parelheiros eram cochichados e lambanças políticas, contrabando e negócios suspeitos relatados em voz baixa, exigindo que os velhos colocassem mãos em concha por trás das orelhas para acompanhar o assunto. Mas sempre havia o que tratar em voz alta, entrecortada por gargalhadas, sobretudo após nacos de carne gorda, batata-doce e algum doce caseiro. O dia seguinte seria de rodeio grande, e todos teriam de dormir bem para levantar na madrugada e enfrentar as lidas campeiras. Tirar leite das vacas mansas, a recolhida da cavalhada, tudo seguia uma ordem não discutida e que prosseguia com café, bolacha e alguma carne requentada da noite anterior. Encilhar os cavalos e sair para a campereada era bem rápido, às vezes com ganidos de cachorros novos, correndo para fugir das patas dos cavalos.

E lá estava o nosso visitante, pronto a participar das lidas, ainda que o patrão o tivesse dispensado de qualquer tarefa. Um rizinho esboçado na boca de seu companheiro de quarto traduzia a incerteza quanto ao total conhecimento do que fizera durante a noite, e do anúncio que interrompera seu sono. Não contaria para ninguém, ele que seguia as ordens do patrão para bem servir ao hóspede, e colocara um penico debaixo de sua cama. Ocorre que dormira logo, e só acordara depois da meia-noite e com o visitante voltando para a cama, depois de ter desaguachado, sem usar o conforto do urinol. Preferira urinar de pé, na rua, olhando para as estrelas. E tudo pareceria correto não fosse o comentário que fez sobre o tempo, com voz alta de surdo antigo. Que disse o velho Arcanjo? De forma bem clara, sem duvidar dos próprios olhos, e com a pretensa sabedoria dos experientes, lascou: "Noite escura e cheira a queijo".

SulRural n.º 430 – julho/2019

21
O pampa e seus atores

O bioma pampa, que na América do Sul inclui terras argentinas, uruguaias, paraguaias e brasileiras, merece melhor conhecimento. Ocupa mais da metade do Estado do Rio Grande do Sul, embora isso represente menos de dois por cento do território brasileiro. Sua definição se deu a partir do pleistoceno, foi pastado pela megafauna e assistiu ao convívio desta com homens primitivos há cerca de dez mil anos. O fogo já era usado como arma pelos homens da Tradição Umbu, e a cobertura vegetal, ao final de intensas alterações climáticas, cobriu campos planos e ondulados com plantas resistentes ao pisoteio, ao fogo, às secas e ao pastoreio. Extinta a megafauna, o pampa passou a ser povoado por tribos indígenas e pouco pastado por animais nativos; o palco estava armado para receber os europeus quinhentos anos atrás. E com os espanhóis e os portugueses, chegaram o cavalo e o gado vacum, sem falar das ovelhas e de outros animais domesticados.

Em 1536, houve a primeira fundação de Buenos Aires. Quase todos os espanhóis foram trucidados pelos índios, que apreciaram a carne dos cavalos mortos e muito se ocuparam com os que restaram vivos. Indígenas e cavalos completaram-se, e os equinos chegaram até os contrafortes andinos. Assim, o cavalo foi o primeiro a se afirmar, fez dos indígenas ótimos cavaleiros e propiciou ao longo do tempo até o surgimento do cavalo crioulo. Mas foi o gado vacum, sociologicamente e no dizer de Carlos Reverbel, quem gerou o gaúcho. E o gado do pampa veio da Capitania de São Vicente, onde era cuidado

> Assim surgiram os changueadores, gaudérios ou gaúchos, homens que abatiam milhares de cabeças para aproveitamento apenas do couro [...]

por jesuítas portugueses. Desse gado, foram subtraídas sete vacas e um touro, que chegaram à Assunção, no Paraguai, em 1555. Lá, o gado recebeu cuidados que impediam, por exemplo, o abate de matrizes. A multiplicação foi espetacular, tornando secundária a chegada de rezes vindas do Peru.

Em 1610, Hernandárias, filho de espanhóis, nascido no Paraguai e que foi governador em Assunção e em Buenos Aires, espalhou o gado por toda a Bacia do Prata. No Rio Grande do Sul, o gado foi introduzido pelos padres jesuítas em 1634 e distribuído para todas as reduções. Por volta de 1640, perseguidos pelos bandeirantes, padres e seus índios atravessaram o Rio Uruguai. Abandonaram as Missões e só voltaram quarenta anos depois. Muito gado, sem dono, logo se tornou alçado e passou a ser explorado por aventureiros "sem rei e sem lei", assistidos por gentios bem montados.

Assim surgiram os changueadores, gaudérios ou gaúchos, homens que abatiam milhares de cabeças para aproveitamento apenas do couro, "desprezando a carne, por inútil". Surgia o gaúcho e vivia-se a Idade do Couro, em que se usava este material para quase tudo, tanto na paz quanto na guerra. Baús, bruacas, toldos de carretas e de balsas, tentos para reunir paus a pique nas paredes, pelotas para atravessar rios, redes, abrigos, aperos, laços, boleadeiras, esquifes para carregar defuntos, tudo era feito de couro.

Mas era o mercado externo que estimulava os gaúchos e *gauchos* em todo o pampa para a matança de gado. Navios ingleses, franceses e holandeses enchiam-se de couros ao longo do litoral, e tudo ficou mais fácil quando a Colônia do Sacramento firmou-se como mercado e local de contrabando, mais ou menos tolerado. Desafiadas, as autoridades portuguesas e espanholas acabaram por proibir as matanças de gado apenas para obtê-los. Isso, associado à distribuição de sesmarias, a rodeios para marcação de gado e ao surgimento de cercas, apressou o desaparecimento do gaúcho primitivo, que teve de adaptar-se aos novos tempos ou ser combatido como malfeitor.

Esta crônica resume contribuição apresentada na décima edição de *O pampa e o gado* em Lavras do Sul e deverá prosseguir com a adaptação do gaúcho aos novos desafios em próxima edição.

P.S. Compareci no dia 11 de julho ao enterro de amigo e companheiro de coautoria num dos poucos livros sobre a Revolução de 1932 não escrito por paulistas. Zeno Dias Chaves foi enterrado no Seival, interior do município de Caçapava do Sul. Viveu 92 anos, distribuindo bondade e conhecimento.

SulRural n.º 431 – agosto/2019

22

Um gaúcho maior e adaptado

Com o fim da exploração do couro, o gaúcho teve de adaptar-se. E o fez de maneira admirável, a ponto de passar de nômade infrator a herói cantado em prosa e verso. A afirmação de estâncias com donos conhecidos, delimitadas e com animais marcados passou a ser o normal e o desejado tanto na América portuguesa quanto na espanhola.

Entre nós, muitas sesmarias foram distribuídas para premiar feitos bélicos, e as estâncias foram habitadas por "pastores guerreiros", compromissados com a exploração econômica do gado, com a defesa da terra recebida e, por consequência, com a defesa da própria pátria.

É fácil entender que os gaúchos tenham sido os primeiros peões nessas estâncias. Agradava-lhes a vida ao ar livre e a cavalo, com uso intenso do laço e das boleadeiras. Domavam os cavalos xucros, amansavam as futuras tambeiras e os bois para puxar carretas e arar terras. Tirar couros? Só para obter carne de rês carneada para consumo ou dos animais mortos por doença ou por fome nos invernos frios. O trabalho de guasqueiro ficava para os dias de muita chuva.

Mas tudo isso acontecia em tempos de paz, que afinal não eram tão frequentes. Guerras e revoluções ganharam nomes, datas e heróis, mas o dia a dia com invasões e violência em áreas de fronteira exigia preparo militar mínimo e contínua vigilância. Armas de fogo complementavam habilidades no uso de espadas, facões, e lanças improvisadas de taquara ou bambu. Forças regulares desde a Guarda Nacional até o Exército aproveitaram muitos gaúchos com suas habilidades, e não foi por acaso que se criaram unidades de artilharia montada ou de cavalaria artilhada.

O aumento do gado e a existência de compradores levaram ao desenvolvimento das charqueadas. Abriram-se trilhas, caminhos, sobretudo com o incremento da exploração do ouro e das pedras preciosas no Brasil central. Repetiram-se no mundo português as tropeadas de gado e de mulas da América espanhola para suprir as minas de prata de Potosi. E o gaúcho cresceu como tropeiro e como alguém que dominava todas as etapas na obtenção das valiosas mulas. Afinal, uma boa mula, bem domada, valia o correspondente a três bois gordos.

> Em ascensão, o termo passou a designar todos os nascidos no Estado e muitos chegados de outras plagas e que assim se consideram por força de história, tradições, hábitos, maneira de ser.

A capacidade de adaptação do gaúcho, no pampa ou fora dele, tem sido comprovada através dos tempos; às vezes vencendo dificuldades que inspiraram obras de arte. Na literatura, o gaúcho surgiu como aventureiro changueador e evoluiu para "monarca das coxilhas". Autores como Simões Lopes Neto e Érico Veríssimo tornaram sua história e seu viver bem conhecidos. Na voragem dos tempos modernos e do êxodo rural, personagens de Alcides Maya viveram decadência, mas ainda a cavalo. Já em Cyro Martins, o gaúcho está a pé. Mas, tanto os que permaneceram no campo, quanto os que a ele voltaram como técnicos de uma agricultura mecanizada ou de uma pecuária de ponta, todos eles muito se orgulham de serem gaúchos.

Em ascensão, o termo passou a designar todos os nascidos no Estado e muitos chegados de outras plagas e que assim se consideram por força de história, tradições, hábitos, maneira de ser.

Em tempos de globalização, conservar a identidade cultural nem sempre é fácil, sobretudo quando há migração para novas terras no Brasil ou no exterior. Nisso os gaúchos têm sido admiráveis e as centenas de Centros de Tradições Gaúchas (CTGs) espalhados pelo mundo evidenciam o que afirmo.

Nesta e na crônica anterior, rememorei coisas ditas em minha terra por ocasião da 10.ª edição de *O pampa e o gado*, que homenageou seu idealizador, o Fernando Adauto. Em vida, ele e eu líamos livros que um emprestava ao outro e que motivavam longas conversas. Não devolvi o último livro emprestado por ele: *O cavaleiro da terra de ninguém*, de Sinval Medina e que me ajudou na palestra sobre história. Afinal, Cristóvão Pereira de Abreu foi fundamental para consolidar a presença lusa na Bacia do Prata e no pampa. O jovem "contratador de couros da Colônia do Sacramento" tropeou, guerreou, abriu caminhos, *fez pátria* e nela morreu, aos 77 anos, em 1755.

SulRural n.º 432 – setembro/2019

23
Conversas da hora do mate

O Rio Grande rural e forte é uma dádiva das conversas da hora do mate. Nelas, no galpão, são combinados os trabalhos do dia, contam-se histórias e novidades. Por vezes surgem ideias ainda quentinhas pelo recém-largado travesseiro, e que se misturam com fatos e ditos de antigos companheiros não mais presentes na roda.

Tenho muito vivas as conversas com meu sogro, o doutor Emílio Ferreira, e que versavam sobre diferenças e parecenças regionais. Apesar de pouco distantes as regiões da campanha e da depressão central, examinávamos muitas peculiaridades de cada uma delas, e cuja evolução busco atualizar ao longo de mais de cinquenta anos. Garças carrapateiras, por exemplo, só passaram a existir nas Lavras na segunda metade do século passado, e as primeiras apareciam mortas e comidas pelos graxains, para espanto dos peões campeiros, que custaram a vê-las em bandos à volta das pontas de gado. As curicacas só chegaram por lá bem no final do século. O atraso de dois meses na floração das corticeiras, as dificuldades para ter ipês desenvolvidos, ou a má experiência de vizinhos ao plantar pés de *flamboyant*; tudo isso por conta das repetidas geadas nos invernos bem mais rigorosos das áreas de fronteira. As quase desaparecidas emas, conhecidas como avestruzes, eram abundantes em ambas as regiões.

Bodoques e visitantes gringos, loucos por passarinhadas, eram os inimigos da passarada; hoje, são os defensivos agrícolas. Mas estes, de quebra, terminaram com as nuvens de gafanhoto e muitas pragas perpetuadoras das fomes periódicas que abalaram civilizações. In-

> Alterações genéticas mudaram a agricultura e a pecuária de maneira positiva e irreversível, mas exigindo regramentos na busca de obter resultados com o mínimo possível de agressão ao meio ambiente.

teressante que as caturritas ainda não tinham chegado a São Jerônimo, e meu sogro perguntava muito sobre elas. Tal interesse cresceu quando ele passou a assessor do ministro Cirne Lima no Ministério da Agricultura e soube do especial carinho que o presidente Médici dedicava ao combate às caturritas nas áreas da fronteira, que ele conhecia tão bem.

A conversa ia desde a utilização de balas incendiárias para atingir os ninhos das aves no alto dos eucaliptos, como já ocorreria no Uruguai, até histórias menos sérias e que divertiam meu sogro. Uma delas era a solução buscada por vizinhos proprietários de pequena chácara e que experimentavam de tudo no combate às aves. Além de *quebrar* as espigas de milho no tempo devido, do emprego de espantalhos e de outras medidas de uso corrente, os vizinhos resolveram ser mais criativos, utilizando algo que muito apreciavam: deixavam algumas espigas sem proteção e as embebiam com cachaça. Logo, as caturritas as devoravam e passavam a caminhar desorientadas pelo chão, sendo mortas a porretadas...

Hoje não há dúvidas quanto à efetividade do homem no combate a pragas e no uso de boas práticas agrícolas, orientadas cientificamente e com uso de muita tecnologia. Alterações genéticas mudaram a agricultura e a pecuária de maneira positiva e irreversível, mas exigindo regramentos na busca de obter resultados com o mínimo possível de agressão ao meio ambiente. O fato de vivermos numa fronteira propicia satisfações surpreendentes e diárias, mas impõe comportamento ético dobrado. Não faltam conhecimentos científicos, nem normas de um e do outro lado e que têm de ser obedecidas. De nada adiantará atribuir aos "do lado de lá" os desastres ecológicos, pois participamos de uma grande comunidade que, apesar de tudo, deseja e consegue melhorar a vida no planeta.

Lentas migrações de animais ou alterações nas pastagens têm de ser estudadas. Ecossistemas devem ser entendidos e respeitados antes da busca de mudanças esdrúxulas que os alterem. Nisso, até o grande Assis Brasil, o sábio revolucionário de Pedras Altas, cometeu pecados: os bandos de pardais e as áreas tomadas pelo *tojo* são exemplos disso. Mas não precisamos voltar tão longe no passado para lamentar ações de pessoas bem-intencionadas e que resultaram em grandes danos à natureza aqui e agora. Exemplos? Estão bem presentes e com a lamentável vitalidade dos invasores: o capim Annoni e os javalis.

SulRural n.º 433 – outubro/2019

24

Um pouco de Aureliano

Há efeméride a comemorar no Rio Grande e lembrando alguém que fugia a festas e notoriedade: Aureliano de Figueiredo Pinto. Transcorrem sessenta anos do lançamento de seu primeiro livro, *Romance de estância e querência, marcas do tempo*, publicado poucos dias antes de sua morte, quando estava com sessenta anos de idade, no dia 22 de fevereiro de 1959. Médico, poeta e prosador de grande conceito, nunca abandonou por completo nem a infância, nem a Estância São Domingos, município de Tupanciretã, onde nasceu em 1898. Nela, foi conquistado pela natureza dos campos sem fim e pela gente simples e insubstituível dos galpões, que o acompanharam pelo mundo e quando fez de Santiago do Boqueirão sua querência.

Alfabetizado em casa pela mãe, fez o curso secundário em Santa Maria, de onde mandou para ela seus primeiros versos. Alguns deles foram publicados pela revista *Reação*, dirigida por Walter Jobim. Mudou-se para Porto Alegre em 1916 e pretendia fazer os preparatórios para o curso de Direito. Terminou optando pela Medicina e fez dois anos do curso no Rio de Janeiro. Mas voltou para Porto Alegre e formou-se médico em 1931, após ter participado da Revolução de 1930 como doutorando, junto com o amigo Antero Marques.

Fez amigos e participou intensamente da vida de estudantes do interior do Estado, moradores em pensões ou repúblicas. Reservado, poliglota e grande leitor, era dotado de poderosa autocrítica, que o levava até a proibir que o considerassem poeta. Sua produção literária ia para a gaveta, ou era enviada para amigos de confiança e chegava a jornais ou revistas, quase sempre com pseudônimos. Apesar disso, a qualidade transparecia e seu poema *Toada de ronda*, por exemplo, pode ser apontado como iniciador do nativismo com feição moderna.

Na sua rica correspondência, confidenciou a amigo, em janeiro de 1936: "Esses três cadernos, nem penso publicá-los e se o fizesse passariam, creio, quase despercebidos. Agora, para as gerações do motor e da asa daqui a 20, 50 anos, serão como onças desenterradas".

> Atendia a todos, mas prolongava a conversa com os peões de estância, com os posteiros. Quando sentia que o paciente não teria dinheiro para comprar os remédios, usava código na receita e que autorizava o débito para algum de seus amigos.

Memórias do Coronel Falcão foi concluído em 1937 e permaneceu engavetado até 1973, quando foi entregue aos cuidados de Carlos Jorge Appel, que recorreu a familiares, a Antero Marques e a outros amigos do autor antes da publicação. Os originais estavam chamuscados após terem sido jogados ao fogo por ele e serem salvos por Da. Zilah, sua companheira até a morte.

Meu colega de turma José Antônio, consagrado cirurgião de tórax e professor de Medicina, junto com a irmã Laura Maria, teve grande importância para que a obra do pai fosse conhecida e admirada. Entender o que estava em manuscrito era um dos desafios, e para isso até Túlio Piva cooperou, pois era ótimo datilógrafo e se habituara a decifrar as receitas do Dr. Aureliano quando trabalhava na Farmácia Piva, em Santiago. Assim, o livro foi escrito nos tempos da "Geração dos anos trinta", mas só veio a ser publicado em 1973.

Após rápida passagem por serviço de obstetrícia no Rio, voltou para Santiago, onde foi médico até pouco antes de morrer. Interrupção? Apenas uma e parcial: em 1943 ocupou cargo na Casa Civil do interventor, general Cordeiro de Farias, mas pelas manhãs comparecia à Santa Casa, onde era chefe de clínica na enfermaria do professor Saint Pastous.

Sua situação em Porto Alegre era invejável, mas optou por atender aos chamados do campo e de sua gente. Voltou para Santiago. Lá foi chefe do Posto de Higiene e fundador do Hospital de Caridade. Atendia a todos, mas prolongava a conversa com os peões de estância, com os posteiros. Quando sentia que o paciente não teria dinheiro para comprar os remédios, usava código na receita e que autorizava o débito para algum de seus amigos.

Aureliano viveu do trabalho duro de médico no interior do Estado, ganhou fama no mundo pela literatura e desistiu de cargos políticos e de honrarias como poucos. Por tudo isso, será uma honra participar de atividade em sua homenagem no IHGRGS. Aprenderei mais sobre ele.

SulRural n.º 434 – novembro/2019

25

Vidas sob bosques

Nesta primavera, quando a chuva deixou, foram plantados mais dois pequenos bosques de eucalipto na minha Salamanca. Isso me enche de satisfação e motiva mais uma resposta à série de afirmações que se foram acumulando após a chegada das preciosas árvores australianas ao pampa. Lembro-me como guri, de pessoas influentes da cidade de Bagé afirmando que a sombra atrapalhava o engorde de bois, pois estimulava um descanso em prejuízo da ação de pastar. Claro que a ideia de valorizar o conforto e a ruminação de animais deitados à sombra parecia bem racional, mas como tais ideias vinham de ricos invernadores da zona fronteiriça, pobre em árvores e arbustos, eram recebidas com respeito. De certo modo, elas representavam uma posição conservadora diante da ação de muitos outros criadores da região que não só plantavam eucaliptos em bosques, como também os distribuíam ao longo das cercas em suas estâncias. Foram os pioneiros na plantação de eucaliptos na região, bem no início do século XX. Sem valorizá-las como ideais para a indústria da celulose ou para lenha, tais árvores funcionam como abrigo contra ventanias; fonte de postes, tramas e moirões. Além de tudo, propiciam sombra e acolhimento para bovinos, ovinos e cavalos, sem falar da fauna silvestre.

Os dois novos bosques somam-se a outros e têm suas origens na infância, quando já eram velhos os eucaliptos em cuja sombra eu brincava de gado de osso com meus irmãos. Pena que não dava para brincar descalços por causa dos espinhos que se desprendiam dos ni-

> Já que somos comedores de carne e valorizadores de sua qualidade, temos de ser defensores intransigentes do bem-estar animal desde o nascimento até a morte, a qual temos de produzir com mínimo ou nenhum sofrimento.

nhos das barulhentas caturritas que infestavam as altas copas das árvores.

Odiadas por acabarem com as pequenas plantações de milho, as caturritas construíam ninhos à prova de predadores, usando ramos espinhentos que buscavam bem longe e tramavam com maestria. Sua escolha pelos eucaliptos se fazia em função da altura atingida pelas árvores, que distanciava seus ninhos dos animais desprovidos de asas.

Mais tarde e não por acaso, debaixo dos eucaliptos nos iniciamos no uso das armas de chumbo, sofrendo com os coices da calibre doze. Os tiros atingiam aves voejando em bandos, próximas de seus ninhos. Além disso, o aroma das árvores floridas melhorou o gosto do mel da região, bem como permite atmosfera perfumada e de bem-estar por ocasião das epidemias, como a da gripe espanhola, quando grande quantidade de folhas era fervida e impregnava o ar interior das residências.

Mas voltemos ao presente, quando a subdivisão dos campos, muitas vezes em função da agricultura, cria potreiros pobres de água ou de abrigos para os animais. A solução passa pelos açudes e pelos bosques. E neles há evolução, tais como utilizar uma fileira de ciprestes, copados desde o chão, na periferia dos bosques. Com isso há proteção mais efetiva contra os ventos e a chuva guasqueada, pois os eucaliptos têm copas altas.

Já que somos comedores de carne e valorizadores de sua qualidade, temos de ser defensores intransigentes do bem-estar animal desde o nascimento até a morte, a qual temos de produzir com mínimo ou nenhum sofrimento. Talvez não haja maior atestado de desconforto do que o apresentado por um lote de carneiros, ainda não tosquiados, num dia de soalheira em campo sem árvores. Os animais se distribuem em círculo, cujo centro é disputado pelas cabeças que eles abaixam à procura da sombra que procuram fabricar com seus corpos arfantes e colocados lado a lado.

Todos somos testemunhas da tendência dos campos do pampa a se tornarem sujos, tomados por vegetação arbustiva se não houver um adequado uso dos animais na cria ou na engorda, associado a roçadas e melhoramento continuado. A exploração racional de recursos convive muito bem com o respeito a banhados e matas ciliares, por exemplo, e que tornam nossas sangas menos expostas à erosão. Mas como faz bem para os olhos e para o bolso a presença de bosques de eucaliptos, que se assemelham a navios num mar verde e sem fim...

SulRural n.º 435 – dezembro/2019

26

Do ouro ao fosfato

Se há um lugar no Brasil em que os portugueses mais investiram do que retiraram recursos, este é o Rio Grande do Sul. Isso porque as minas de ouro exploradas na época ficavam em outras paragens. Os investimentos lusos no sul ocorriam por motivos estratégicos, diretamente ligados a manobras de ataque e defesa na histórica disputa com os espanhóis. Tropas da metrópole e das outras capitanias eram mandadas com frequência para o Continente de São Pedro, lugar de guerra e de esforços para abastecer tropas. As riquezas existentes nas entranhas do Continente de São Pedro permaneciam à espera de um melhor momento para serem exploradas. No período colonial, através de bandeirantes e de aventureiros, era mais fácil apresar índios e apoderar-se do gado espalhado pelos jesuítas espanhóis no território gaúcho do que buscar riquezas embaixo da terra.

Só no Brasil independente é que a mineração chegou para valer no Rio Grande do Sul. E um dos lugares que mais concentrou esforços foi Santo Antônio das Lavras, a única povoação gaúcha surgida em função da presença do ouro no seu subsolo, anunciada pelas pepitas presentes nas areias do arroio em cujas margens ela surgiu. Ingleses e belgas exploraram ouro em Lavras do Sul e ficaram muitas evidências de sua passagem. Em pleno início do século XX, engenheiros belgas jogavam tênis próximo das minas, e a população negra crescia em função delas. Produção de frutas e vegetais enriqueciam chacareiros, bem como donos de carretas e fornecedores de lenha. Produtores de carne, como meu avô, obtinham valores bem mais altos pelos seus bois, se comparados aos obtidos na Tablada, pelas tropas enviadas a cada ano para as charqueadas de Pelotas.

Não foram poucos os aventureiros que chegaram atraídos pelo ouro; e não faltou diversão, jogo, bebidas, mulheres e tudo o mais. Herrmann Wendroth, *brummer* da luta contra Rosas, foi um deles e deixou instigantes aquarelas sobre Lavras e a mineração. O inglês Chalmers, bem como o alemão Mayer, por exemplo, deixaram saudáveis descendentes, incluindo belas mulatas de olhos claros.

> É difícil ser contra algo que ajuda a natureza ao propiciar melhor aproveitamento da energia solar na tão conhecida fotossíntese, essencial para o bom desenvolvimento das plantas e para a vida de vegetarianos e de comedores de carne.

As companhias estrangeiras abandonaram suas minas em Lavras mais por crises vividas no velho continente do que por falta de ouro. As tentativas nacionais para prosseguir com a exploração alcançaram algum sucesso, mas foram desaparecendo por falta de capital para investimentos e por força da legislação trabalhista e de proteção ao meio ambiente. Mas, ainda vivem muitos garimpeiros, cujos ganhos vinham do balanço das bateias no Camaquã das Lavras. No Segundo Distrito, no Ibaré, o calcário excede as qualidades exigidas para combater a acidez do solo e há mármore disputado por escultores, já que apresenta veios de coloração esverdeada, fato que ocorreria apenas em dois lugares no mundo.

Hoje, a expectativa dos lavrenses está centrada no Projeto Fosfato Três Estradas, desenvolvido pela Águia Fertilizantes, que está em Lavras desde 2011 e que recentemente obteve o licenciamento prévio visando à instalação e ao funcionamento. A previsão é de exploração por 50 anos com três fases distintas. Na primeira, a partir do fosfato oxidado, todas as operações serão feitas em Lavras. Isso propiciará considerável geração de empregos diretos e indiretos, além de dinheiro circulando no comércio. Impostos para o município significarão saúde, educação, estradas... E tudo se completará com adubo de qualidade, de produção local, sendo oferecido para a região, e logo para o Estado.

Riscos e danos ambientais previsíveis têm sido discutidos amplamente, e há apoio da população e das autoridades para que um produto local, raro no país, passe a melhorar lavouras e pastagens de todos os tamanhos. É difícil ser contra algo que ajuda a natureza ao propiciar melhor aproveitamento da energia solar na tão conhecida fotossíntese, essencial para o bom desenvolvimento das plantas e para a vida de vegetarianos e de comedores de carne.

SulRural n.º 436 – janeiro/2020

21
Por falar em memória

Jorge Luis Borges, mais do que tratados médicos, trata da impossibilidade da memorização perfeita no seu conto *Funes, el memorioso*. Com mais gente chegando à velhice, males como a doença de Alzheimer passam a ser conhecidos e temidos em todo o mundo, e não há quem não receie o "abraço do alemão". Quanto a mim, sempre valorizei a preservação da memória, mas reconhecendo o grande valor do esquecimento, ainda que parcial, de momentos de intensa infelicidade em nossas vidas.

As grandes perdas, como a morte dos pais, por exemplo, têm de ser manejadas com sabedoria e boa dose de olvido se quisermos ser felizes. É muito bom saber dos avanços na área da memória e da importância das pesquisas desenvolvidas em Porto Alegre há algumas décadas, graças à orientação do professor Ivan Izquierdo, nascido na Argentina, e que se tornou brasileiro após passagem pela América do Norte. Ele se tornou mundialmente conhecido por trabalhos desenvolvidos na UFRGS e que prosseguiram na PUC, onde foi o grande responsável pelo surgimento do Instituto do Cérebro e pela formação de muitos pesquisadores. Com uma bagagem impressionante de trabalhos científicos publicados no Brasil e no exterior, Ivan Izquierdo também é escritor e conferencista consagrado. Seus livros resultam de sólida cultura humanística, que se manifesta a cada página, e está impregnada pelas vivências de um conhecedor do mundo e de suas línguas. Conviver com ele na Academia Sul-Rio-Grandense de Medicina tem sido motivo de satisfação e de muita honra.

> Hoje, relembro algo acontecido comigo há mais de setenta anos e que não tem conotação dramática, mas tem tudo a ver com a sensação de ser enganado, de ser passado para trás por alguém da nossa estima.

Hoje, relembro algo acontecido comigo há mais de setenta anos e que não tem conotação dramática, mas tem tudo a ver com a sensação de ser enganado, de ser passado para trás por alguém da nossa estima. Tal sensação é muito desagradável, e talvez o leitor consiga lembrar, como eu estou fazendo, da primeira vez em que isso lhe aconteceu.

Era início de setembro, e a estância vivia dias de marcação, com o galpão cheio de hóspedes atraídos pela festa. Marcar centenas de terneiros a pialo atraía muitos gaúchos, que se organizavam em ternos e não admitiam facilidades como o pialo de cucharra. Entre os presentes estava Hipólito Mangueira, personagem inconfundível e de quem falo com saudade em vários de meus escritos. Mas ele estreou de forma muito negativa para os registros do guri de oito anos de idade, completados naqueles dias de festa.

Como quase todos os pialadores repetiam-se a cada ano e sabiam de meu aniversário no dia oito, me receberam com festa no galpão. Homens rudes, riam e buscavam agradar o filho do patrão. Muitos deles abriram guaiacas ou retiraram dos bolsos das bombachas cédulas de um cruzeiro, a moeda de então. Eu as ia contando em voz alta e colocando uma sobre a outra.

Ao final havia nove notas, quando chegou Hipólito Mangueira, que falou alguma coisa sobre o significado de completar oito anos e disse que participaria das brincadeiras e do não planejado presente coletivo. Puxou uma nota de dez cruzeiros que me entregou enquanto embolsava na guaiaca as nove, que até então enchiam minhas mãos. Falava sobre aumentar a quantia para comprar alguma coisa, mas eu mal conseguia disfarçar a decepção por entregar nove cédulas, algumas bem novinhas, em troca de uma única pelega e já um tanto gasta e amassada. Minha sensação de ser enganado quase superou os esforços de guri bem-educado e que agradeceu a ele como fizera com os demais.

O clima festivo e de confiança que aqueles homens transmitiam ao festejar o aniversário do filho do patrão atenuaram a amarga sensação de sentir-me enganado. Na verdade, Hipólito Mangueira mexeu com estruturas e conceitos na fronteira entre o mundo do faz de conta e o mundo dos adultos. Sua contribuição naquele dia foi importante para minha formação: mexeu com minha memória.

SulRural n.º 437 – fevereiro/2020

28
Otimismo com preocupação

Muitas vezes nos identificamos com afirmações de outras pessoas, e isso ganha em significado quando falamos de terras e de usos em diferentes épocas. Dias atrás, David Coimbra buscou explicações para a pressa dos pedestres brasileiros quando comparados à conformidade ordeira dos americanos. Esperar pela abertura do sinal e usar faixas de segurança seriam coisas para otários, não para pessoas espertas, habituadas a ganhar a frente dos outros, sobretudo quando há algum atalho à margem da lei. Buscando explicações nas diferenças de comportamento a partir dos primeiros colonizadores, a pressa dos brasileiros seria comparável à dos portugueses, que enriqueciam no Brasil, e logo voltavam para a Europa. Bem diferente dos colonizadores puritanos, que até incendiaram navio para impedir possível retorno. Desejavam forjar uma nova pátria em que fossem livres. A crônica do David evocou a última indicação de leitura feita por meu pai e que me foi de muito proveito: o livro *Bandeirantes e pioneiros,* de Vianna Moog, que destaca muito bem tais diferenças.

Em tempos de avanços tecnológicos que se superam a cada dia, o ser humano é desafiado num mundo em evolução acelerada, com parâmetros discutíveis em função de ideologias, que também se modificam. Analogias e comparações ajudam menos. Após a Segunda Grande Guerra, a influência americana no mundo cresceu de forma espetacular, e era contrabalançada por países comunistas que seriam fortes e unidos.

Na juventude, cercado pelas desigualdades e injustiças do cotidiano, convivi com a ideia de um mundo que marcharia irremediavelmente para o socialismo. Enquanto as democracias tinham suas fraquezas examinadas por uma imprensa livre e muitas vezes sensacionalista, os países comunistas, protegidos por barreiras de todos os tipos, pareciam incólumes e inseridos numa luta contínua e meritória pela igualdade entre os homens.

> A educação, única maneira válida para diminuir os desníveis econômicos e sociais de uma sociedade e assegurar planos de real desenvolvimento, ela, a educação, continua em crise.

Mas vieram a queda do Muro de Berlim e o fim da União Soviética para alterar o aparente equilíbrio. E ficaram à mostra: ditaduras, extermínios programados, estados policialescos, prisões ou hospitais para dissidentes, centenas de milhares de mortes... E tudo para satisfação de *desiguais* numa *nomenclatura* corrupta e corruptora.

O conhecimento do que acontecia por trás da Cortina de Ferro levou ao fim prático do comunismo. Afinal, partido único, imprensa oficial, vida vigiada a cada passo não parecem compatíveis com um regime de homens livres e felizes. Democracia e liberdade são buscadas em todas as latitudes e vão se afirmando, às vezes com relativizações culturais e localizadas. O combate à pobreza às doenças, e ao crime tem de ser preocupação de todos e um compromisso universal. E esperamos que não possa ser trocado por algum plano de desenvolvimento de armas nucleares...

Tenho sido um otimista ao acreditar na grande capacidade de adaptação e de criação dos brasileiros e dos gaúchos diante das modificações ditadas pelo progresso, e que visam, em última análise, à evolução humana. Mas confesso preocupação quando anunciam que o Brasil não mais será considerado um país em desenvolvimento e que fará parte do seleto grupo das nações desenvolvidas. Por que a preocupação? Porque continuamos sem um preparo efetivo das gerações futuras. A educação, única maneira válida para diminuir os desníveis econômicos e sociais de uma sociedade e assegurar planos de real desenvolvimento, ela, a educação, continua em crise. E nós, gaúchos, temos de reconhecer que o preparo das nossas crianças piorou nas últimas décadas...

Nota triste: Faleceu no dia 23 de janeiro Gilberto Loureiro de Souza. Veterinário, ginete, administrador de empresa rural, exemplar pai de família, era um grande conhecedor de equinos. Dedicado à raça Crioula, o *Alemão Gilberto* fez história no Brasil e no exterior. Mais do que tio e padrinho, tornei-me um dos seus muitos admiradores.

SulRural n.º 438 – março/2020

29

Médico e escritor

A interação entre alguém que escreve no jornal e o leitor é desafiante para ambos. A sensação boa de ser lido e identificado cria laços e curiosidades que merecem toda a atenção. Leitor e amigo de há muitos anos perguntou-me por que eu me apresento como médico e escritor, e não como produtor rural, num jornal destinado aos homens do campo. Com a naturalidade de quem se vai adaptando às voltas do destino, explico que a qualificação como homem rural acompanha-me desde o nascimento, e antecede outras qualificações que foram conseguidas com o passar do tempo e através do mundo.

Herdeiro de terras, antes de passar no vestibular de Medicina ou de ter escritos divulgados, tive de enfrentar o primeiro desafio: viver da produção do campo. Isso foi conseguido graças à qualificada participação de terceiros. No caso, de minha mãe e de meus irmãos, unidos dentro de um condomínio. Graças à administração do Jacques, um ano mais moço que eu, e que aos dezessete anos assumiu a administração de estância centenária, tudo andou bem. O patrimônio foi dobrado em tempo menor que o correspondente a uma geração.

Já tendo o que dividir, e com vidas encaminhadas, houve a natural separação dos condôminos, ainda quando minha mãe, Medora, e o Jacques eram vivos.

Perdoem-me o enfoque familiar, mas gosto do memorialismo, algo que se exacerba com a chegada aos oitenta anos de vida. E também serve para mostrar a importância da união de forças e de patrimônios quando o objetivo é crescer; bem como para reconhecer a

> Sempre que posso, falo da importância e da nobreza de produzir alimentos tarefa insubstituível, e cada vez mais dependente de tecnologia e de conhecimento.

importância de enxergar qualidades e desejos nas pessoas, e de as estimular, como fazia Medora com os filhos. Aliás, ríamos muito quando eu lembrava quadrinha com linguajar arcaico, e que ela aprendera na infância e nos ensinara: "O Pramodi e o Havera fizeram uma sociedade; o Pramodi mora fora, e o Havera na cidade". Tanto o Jacques encarnou o "Para modo de", quanto eu e meus irmãos Zeca e Cris, viramos exemplares do "Haveria de".

As mudanças no mundo atual são muitas e rápidas. Ocorrem em todas as atividades e não respeitam fronteiras. Mas buscarei focar algumas das que vejo no meu pequeno mundo, enquanto capino Annoni, ou contemplo o horizonte. O campo gera mudanças, ou é por elas modificado, exigindo muito do poder de criação e de adaptação de seus homens. A mecanização vai muito além das lavouras. Pontilhões, bueiros têm de ser substituídos por estruturas capazes de resistir a caminhões cada vez maiores e mais carregados.

As áreas cercadas que margeiam nossas estradas municipais tendem a virar mato, pois diminuem as tropas e os deslocamentos a cavalo. As mudanças são capazes de alterar até a funcionalidade do binômio homem-cavalo dos gaúchos. Hoje, o normal é que as estradas sejam percorridas nas madrugadas por empregados rurais que moram nas cidades e se deslocam para trabalhar no campo, usando carros ou barulhentas motos. Excluídas as pequenas distâncias, o gado vai de caminhão, e o cavalo, cada vez mais, é utilizado apenas da porteira para dentro nas estâncias. Fora isso, cavalo e ginete brilham em rodeios, desfiles, e outras atividades recreativas e culturais que nos ligam a um passado de história e tradição.

Quanto a mim, foi num longo intervalo na vida de campo que me tornei médico e escritor. Sempre que posso, falo da importância e da nobreza de produzir alimentos, tarefa insubstituível, e cada vez mais dependente de tecnologia e de conhecimento. Produzir alimentos para o mundo, e fazê-lo com um mínimo de agressão ao meio ambiente, é um desafio de que participo com entusiasmo e prazer. A satisfação aumenta quando vejo filhos e netos participando das atividades e as valorizando; e quando vejo o filho Diogo administrando a Salamanca. No mais, prosseguirei como produtor rural, sempre; como médico e escritor, segundo as circunstâncias, e no rodapé das minhas crônicas...

SulRural n.º 439 – abril/2020

30
Pandemias e reações

Quando assistimos a desencontros entre políticos e médicos da saúde pública, convém recordar que no passado eles foram maiores. Tivemos a Revolta da Vacina em 1904, e nela a casa do grande Oswaldo Cruz foi apedrejada pelo povo, contrariado com a obrigatoriedade da vacina antivariólica. As radicalizações, ainda que em defesa de ideologias e interesses muito válidos, têm que ser combatidas quando implicam desrespeito à vida e à saúde das populações. Corajosamente, Oswaldo Cruz recusou-se a abandonar a casa apedrejada, e ao longo de sua vida tornou-se unanimidade, não só brasileira, pois que universal. Mas vale recordar que entre os brasileiros que não aceitavam a vacina obrigatória estava Rui Barbosa, com sua temida pena, sempre a serviço de causas nobres.

Não por acaso, recebi de amigo ilustre um livro que li e reli com crescente interesse. O amigo foi o ministro Paulo Brossard de Souza Pinto, um admirador e conhecedor profundo de Rui Barbosa. O livro contém o discurso do grande baiano, pronunciado em sessão cívica, no Teatro Municipal do Rio de Janeiro. Foi no dia 28 de maio de 1917, pouco tempo depois da morte de Oswaldo Cruz, aos 42 anos de idade.

Rui, que era filho de médico, e que tivera entre as leituras da mocidade muitos textos de medicina, destaca, como ninguém, a importância do homem que reabriu para o mundo os portos de um Brasil saneado. O Brasil passou a ser outro depois da ação do discípulo do grande Pasteur, o homem que sem ser médico revolucionou a medicina e a economia da França e do mundo.

Combater endemias e epidemias que vinham desde a Idade Média, e atacá-las quando presentes, ou, melhor que isso, evitá-las pela vacinação representou alteração capital para a humanidade, e continuou com ações sobre doenças que atingiam aves, rebanhos, bicho-da-seda, vinhedos... Provar a existência de micro-organismos na origem das fermentações e das patologias, e partir para aplicações práticas desse conhecimento, consagraram Pasteur e seus seguidores pelo mundo.

> As radicalizações, ainda que em defesa de ideologias e interesses muito válidos, tem que ser combatidas quando implicam desrespeito à vida e à saúde das populações.

E a Oswaldo Cruz coube sanear, em pouco tempo, um país continente e tropical. Chama a atenção a segurança com que Rui Barbosa fala sobre febre amarela, peste bubônica, malária, doença de Chagas, leishmaniose, destacando a importância da chamada medicina experimental para o saneamento do país. O conhecimento do ciclo evolutivo das doenças, com seus agentes causadores e seus vetores de transmissão, foi fundamental para a vitória consagradora de Oswaldo Cruz na sua luta sem tréguas pela erradicação de endemias e epidemias, que envergonhavam e excluíam o Brasil do convívio pleno com as nações desenvolvidas. Nem se fala do significado dessa luta na transformação do homem brasileiro, de doente para sadio e válido, capaz de trabalhar e acreditar no futuro.

Num "deserto de homens", Rui Barbosa destaca a ação patriótica e firme de Oswaldo Cruz, que, para satisfação dos brasileiros, fez escola, granjeou seguidores e fundou o Instituto Manguinhos, que hoje leva seu nome. O Instituto tornou-se uma referência mundial no combate a doenças infectocontagiosas e na produção de vacinas e de soros, profiláticos ou para tratamento de patologias da maior importância para a saúde e para a economia do País.

Rui Barbosa dá créditos aos homens que desafiaram a opinião pública e acreditaram na luta contra ratos e insetos, bem como obrigaram vacinações, destruíram cortiços e passaram a distribuir água potável, a instalar redes de esgotos e fossas por todo o Brasil. Fatos como a Revolta da Vacina, ameaças, enfrentamentos, tudo aconteceu e levou ao surgimento de uma justiça e de uma engenharia sanitárias, hoje de aceitação universal. Ao buscar soluções junto a políticos habituados a conveniências, Oswaldo Cruz, já doente, mas sempre ativo, dizia: "O de que precisamos, é um homem sem amigos e um governo de convicções".

SulRural n.º 440 – maio/2020

31
Tempos de bate-bate

Tempos de pandemia estimulam a falar de outras, até mais graves, e que passaram. A chamada gripe espanhola, surgida no final da Primeira Grande Guerra, matou bem mais gente do que o próprio confronto armado. E por incrível que pareça, os brasileiros que primeiro adoeceram com a gripe espanhola foram os membros da missão médica que o Brasil enviou para a guerra. Os expedicionários adoeceram no navio, em plena costa africana, antes de chegar à Europa. Alguns morreram, e muitos tiveram sofrida recuperação quando a pandemia ainda nem tinha nome. Mas, os brasileiros reagiram e mereceram as homenagens pela manutenção de hospital em Paris, no final da guerra e por alguns anos mais. O Dr. Nabuco de Gouvea, professor de Cirurgia no Rio de Janeiro, e que muito trabalhou em Bagé e em Pelotas, era o comandante da missão. No Brasil, e no Rio Grande do Sul, a gripe espanhola matou muita gente. Houve um atraso na tomada de decisões pela saúde pública, num tempo em que a pandemia se espalhava por navios e não por avião.

Morreu gente pela gripe espanhola em todos os lugares, inclusive na Vila de Lavras. Meu pai, recém-formado, instalou hospital no edifício em que funcionara a administração das minas de ouro. E trabalhou como nunca. Tanto ele quanto os doutores Bulcão e Pires Porto ocupavam todo seu tempo com a pandemia. E era natural que os médicos mais antigos dedicassem mais tempo ao atendimento de figuras importantes da região, como os senhores Juca Macedo, no

> Contava o Arlindo que morria muita gente, e os recursos tinham de ser empregados com os vivos, com os doentes e seus familiares. Nessa linha, teria surgido uma solução para os enterros [...]

Serro Formoso, e Francisco Cachapuz, que agonizavam e morreram por ação da pandemia.

Conheci essa atuação de meu pai por relatos de pessoas da comunidade, pois ele não gostava de falar do assunto, que tanto o destacara na comunidade.

Foi pelo primo Arlindo Ferreira de Souza, filho do Cel. Hipólito e pai do ator Paulo José e de outros lavrenses ilustres, que eu recolhi esta história, que espero faça sorrir, ainda que por trás de máscaras, os perturbados leitores desta crônica, em tempos de pandemia em pleno século XXI, cem anos depois dos acontecidos.

O saudoso Dr. Arlindo, soldado do Corpo Provisório do Dr. Crispim Souza em combates na Bacia do Rio Camaquã, engenheiro do DAER, presidente do Grêmio Esportivo Bagé, no ano em que este foi campeão estadual, sabia ser crítico, com muita ironia e humor.

Crispim, desde os tempos de acadêmico em Porto Alegre, tinha muita ascendência sobre os sobrinhos, e que era estimulada pelos pais, que continuavam a morar no interior e queriam os filhos bem orientados. Essa importância aumentou na vida comunitária e quando se tornavam pais em partos atendidos por ele. Sei que meu pai, na sua franqueza de tio mais velho, liberal e democrata, teria espinafrado alguns sobrinhos pelos seus entusiasmos juvenis, e até mais duradouros, pelo comunismo, ou pelo integralismo.

Mas vamos ao relato, com implícita crítica social. Contava o Arlindo que morria muita gente, e os recursos tinham de ser empregados com os vivos, com os doentes e seus familiares. Nessa linha, teria surgido uma solução para os enterros e que procurava manter certa dignidade, sem gastar recursos que deveriam ter outro destino. Qual a solução? Um caixão bonito, com detalhes em bronze, crucifixo e tudo o mais, mas que tinha o fundo removível. Assim, o cadáver era carregado com pompa e circunstância até a cova, mas apenas o corpo ficava nela; o caixão prosseguiria na sua função de carregar os desprovidos de recursos até a última trincheira.

O povo em sua sabedoria, logo deu um apelido para o caixão: bate-bate. O caixão teria sobrevivido à pandemia, afinal a pobreza seria mais persistente e visível do que o vírus. O tempo passou, a gripe espanhola foi absorvida, e os mais velhos continuaram a dar conselhos aos mais novos sobre como conservar a saúde. Mas o que muito guri sabido não entendia era a advertência final: "Te cuida, senão o bate-bate te pega".

SulRural n.º 441 – junho/2020

32

Água que o boi bebe

Há pessoas que sempre serão lembradas pelo que disseram ou escreveram, sobretudo se o fizeram com o humor e o otimismo dos contadores de histórias. Meu irmão Nemo era dessa categoria de gente, e faleceu aos 91 anos de idade, no dia 27 de abril. Mas não morreu da pandemia, e dividiu com familiares sua última piada, minutos antes de morrer, e que deixo de compartilhar com os leitores porque só não seria indecorosa na voz dele, já de partida.

Órfão de mãe aos três anos de idade, e o menor de seis irmãos, ele sempre soube ocupar seu espaço. Pai ocupado, governantas desconhecidas, competição entre irmãos, tudo isso foi fazendo dele um especialista em adaptações. Estímulos não faltavam, como, por exemplo, ter de acompanhar suas quatro irmãs quando elas foram para um internato feminino em Bagé.

Nemo aprendeu a ocupar espaços e a buscar soluções em todas as áreas de atuação, sem jamais perder o bom humor e a ternura. Por mais de 65 anos foi todo dedicação e amor à sua Glaura e aos filhos, tanto que por obra deles deixou um belo livro chamado *O amor além da vida*, lançado na Casa de Cultura, em Lavras do Sul. Viveu em função da família, e seu exemplo de otimismo e superação de adversidades não amainaram quando ficou viúvo, nem quando perdeu o filho com quem morava, e que mais cuidava dele.

Para homenageá-lo, divido com os leitores dois fatos acontecidos quando ele morava nas Lavras, bem antes de migrar para Santa Maria em função da educação dos filhos. Participativo, Nemo foi vereador, presidente de clube e de partido político na sua cidade natal. O fato aconteceu quando ele era presidente da ARENA, em tempo de regime de exceção. A animosidade entre ARENA e MDB era muito marcada, e se repetiam incidentes Brasil afora. Aproximava-se período de eleitoral e se esgotava o prazo de

> Há pessoas que sempre serão lembradas pelo que disseram ou escreveram, sobretudo se o fizeram com o humor e o otimismo dos contadores de histórias.

surgimento de candidatos para prefeitura e vereança em Lavras do Sul. A inscrição das candidaturas teria de ser feita perante o juiz em Bagé, e apenas a representação da ARENA de Lavras estava presente. Tudo ficou esclarecido quando Nemo apresentou a documentação correspondente aos dois partidos rivais, pois o presidente do MDB o encarregara de representá-lo. Nemo nem se dera conta do atestado de confiança que recebera dos adversários, e que foi ressaltado na ocasião pelo juiz.

O outro fato, busco na relação dele com o pai, e que se iniciou bem cedo na infância de órfão. Impressionava-me a facilidade que o Nemo tinha para cuidar dele em seus últimos dias de vida. Aplicar injeções, dar banho, fazer a barba, comida na boca, ler o jornal; todas essas coisas ele fazia melhor do que os outros, e ainda conseguia fazer o pai rir com alguma piada ou comentário, cheios de humor e de graça.

Lembrava então de história contada pelo próprio Crispim e ocorrida nos difíceis anos trinta. Crise econômica internacional somava-se a surtos de aftosa, que maltratavam nossos rebanhos. Crispim resolvera obter melhor preço pelos seus bois e viajou para Pelotas e Rio Grande, a fim de vendê-los. Levou com ele o pequeno Nemo, que gostava de acompanhá-lo e que era todo curiosidade pelas novidades que surgiriam na viagem. Instalaram-se no hotel, e Crispim notou que Nemo não estava tomando a água mineral que lhe era servida. Resolveu observar e sentiu que o guri não queria saber daquela água cheia de bolinhas. Perguntou então o que ele desejava para tomar.

A resposta do Nemo nunca foi esquecida pelo pai: "Eu quero a água que o boi bebe".

Nemo era um gozador e sabia tirar proveito da sua habilidade como contador de histórias. Conhecia um bocado do nosso passado e da cultura do pampa, até porque sempre foi um bom observador e passou dos noventa anos com a cabeça em ótimo estado. Na última visita que eu lhe fiz, e gozando minha condição de membro de academia, ele me fez rir de sacudir a barriga com a manchete que bolou para nosso encontro: "Reúnem-se o imortal e o imorrível".

SulRural n.º 442 – julho/2020

33
O poder dos pequenos seres

No imaginário dos homens, sempre os monstros foram representados como seres grandes, muito maiores do que eles mesmos. As figuras apavorantes dos sonhos, exploradas através dos tempos na literatura ou nas imagens, costumavam aterrorizar pelo seu tamanho. Não era possível imaginar titãs tanto em terra firme, quanto nas águas, sem que fossem grandes e fortes. A fauna pré-histórica tornou-se conhecida por causa dos dinossauros ou de seus contemporâneos, a quem atribuímos virtudes ou defeitos bem humanos, e que servem para divertir ou apavorar a criançada. Tudo era mais respeitado se fosse grande, mas isso não corresponde ao que tem sido revelado pela ciência nos dois últimos séculos.

Quando as explicações para as doenças, por exemplo, passaram a ser buscadas fora dos mitos e das religiões, quando o homem ultrapassou seus cinco sentidos criando tecnologia, tudo começou a mudar. O microscópio permitiu acesso a um novo mundo, o mundo dos seres pequenos, invisíveis a olho nu. Mas não foi fácil a luta dos que apontavam alguns micróbios como causadores de doenças. Pessoas incultas e pensadores ilustres juntavam-se para ridicularizar os médicos, os homens de laboratório, com suas descobertas. Foi preciso observar a natureza sem preconceitos, interrogá-la pela experimentação, estabelecer nexo entre causa e efeito, para obter a vitória do embasamento científico.

No início do século XX ainda era difícil convencer que micróbios causavam doenças, e que essas podiam ser evitadas pela vacinação.

> Tudo era mais respeitado se fosse grande, mas isso não corresponde ao que tem sido revelado pela ciência nos dois últimos séculos.

No Rio de Janeiro houve a Revolta da Vacina em 1904, e no Rio Grande do Sul, do positivismo autoritário do início da República, houve muita dificuldade para convencer autoridades a aceitarem que micróbios causavam doenças e matavam muita gente. Mas as conquistas no terreno científico aceleraram sua evolução em diferentes lugares do mundo.

A própria estupidez humana com as guerras forneceu campos de observação e de muita atividade. O surgimento dos antibióticos, da anestesia, da transfusão de sangue e da assepsia propiciou o "século dos cirurgiões". Mas os progressos ocorriam em todos os setores e com velocidade não imaginada.

Nos anos sessenta, quando me tornei médico, os vírus eram apenas imaginados, já que não eram mostrados pelos microscópios comuns e ainda não existia a microscopia eletrônica. Identificação genética era coisa de ficção científica. Lembro do professor Candall a falar das promessas da cibernética para a ciência e para a medicina em particular, mas tudo parecia muito longe de nós, embasbacados com a instalação do primeiro computador na UFRGS. Ocupava o espaço total de uma grande sala e tinha recursos inferiores aos assegurados por um telefone celular de hoje. A estatística, sua evolução e análises críticas ganham força para que os progressos tenham rumo definido em prol da espécie humana.

Houve tempo em que os insetos eram considerados os seres vivos mais aptos a dominarem o mundo. E a ideia ganhava força entre pessoas da minha geração que tinham assistido à passagem de nuvens de gafanhotos, ou conheciam relatos do ocorrido quando desaparecia a ação de predadores naturais, como os pássaros. Defensivos agrícolas e programas de conservação de meio ambiente mostraram eficácia, e os insetos deixaram de ser a maior ameaça. Seres menores passaram a ocupar o lugar de vilões a ameaçar a espécie humana, causando doenças que a atingem diretamente, ou atuando sobre animais e vegetais que lhe servem de alimento. Talvez tenham causado o desaparecimento de civilizações pré-históricas, que mexem com nossa imaginação.

A esperança é que a mente humana não cesse de evoluir, e que busque conhecer e dominar seres invisíveis por pequenos, com nanotecnologia e outros saltos tecnológicos mais orientados para o microcosmo do que para as galáxias.

SulRural n.º 443 – agosto/2020

34

Luta contra a tristeza

Ainda que o título da crônica possa evocar sentimento humano bem comum em tempos de pandemia, estou a falar da tristeza parasitária, associada a infestações por carrapato, e que produz grandes perdas no nosso rebanho bovino. Os agentes são bem conhecidos, como também o é o parasita. Mas isso não é tudo. Temos tratamentos efetivos tanto para a tristeza quanto para o carrapato, mas são caros, dependem de pronto diagnóstico e não resolvem todos os casos. Não tenho dúvidas de que os bovinos mais sadios no nosso meio são os livres do parasita, e imunizados contra a tristeza parasitária.

Nas vezes que aventei soluções, contrariei a maioria de criadores que convivem com seus campos infestados de carrapatos, e que se contentam em combatê-los só quando a infestação dos animais é significativa. E como há cada vez mais produtos para o combate ao parasita, todo o conjunto vai-se adaptando. Com isso todos perdem, e fica mais difícil a convivência entre os que trabalham com gado e campos infestados, e os que aceitam o desafio de não ter o chupa-sangue, nem no gado nem no campo. Como acredito que estamos longe de sua erradicação, fui levado a pensar em metas menos ambiciosas, e fixadas na necessidade de evitar os prejuízos causados pela tristeza parasitária.

Em vezes anteriores, sonhei com a imunidade conseguida através da infestação planejada de animais jovens em pequenas áreas infestadas. Estas áreas, verdadeiros "piquetes de infestação", seriam muito vigiadas e os animais submetidos a tratamentos profiláticos da tristeza, o que amenizaria a doença se ela surgisse. Mas quem já conseguiu ter seus campos livres do carrapato não aceita a ideia de destinar pequeno potreiro para funcionar como área infestada.

> [...] poderá haver uma feliz substituição nos esquemas de vacinações nas propriedades rurais.

A aposta tem de ser mais científica e dependente de vacinas, cabendo ressaltar os esforços de pesquisadores que dedicaram suas vidas a essa busca, acreditando no constante progresso da imunologia.

Por que voltar ao assunto? Por acreditar nas crises como estimulantes do espírito humano e geradoras de soluções. Estamos em meio a uma pandemia que já matou centenas de milhares de pessoas em todo o mundo, causada por mais um vírus corona, família mais acostumada a atacar outros animais, que não os da espécie humana. Sem tratamento específico, a grande esperança está no desenvolvimento de uma vacina. E há uma corrida de dezenas de laboratórios multinacionais para conseguir produtos efetivos e seguros no menor tempo possível.

Isso mudará a imunologia no mundo, com aporte de tecnologias e de recursos que irão bem além da pandemia. Haverá reflexos positivos em muitos setores, e é natural que se esperem melhorias do que já existe no controle da tristeza parasitária. Querer uma vacina com embasamento molecular, segura e de fácil manuseio, tal qual a desejada para combater a Covid-19, não me parece nenhum delírio otimista. Mais ainda, poderá surgir num momento muito especial, em que nosso rebanho bovino está recebendo a classificação de "livre de aftosa sem vacinação". Assim, poderá haver uma feliz substituição nos esquemas de vacinações nas propriedades rurais. No lugar da vacina contra a febre aftosa, entrará esta contra a tristeza parasitária. E talvez nem necessite de repetição a cada ano, dependendo da qualidade da imunidade conseguida.

Nas minhas escrituras, descrevi lotes de animais rengos, malcheirosos, magros, peludos, e até o surgimento do personagem Manoel Cascudo, que se especializou em cauterizar frieiras e sequelas da febre aftosa. Também assisti ao baque violento de animais gordos e sãos, quando atingidos pela tristeza parasitária. Por tudo isso, permito-me sonhar alto e com embasamento imunológico ao final de uma vida que já vai longa. Serei um estancieiro muito feliz se assistir a duas vitórias alcançadas pela imunologia, pela vacinação: contra a febre aftosa e contra a tristeza parasitária.

SulRural n.º 444 – setembro/2020

35

Voltando às caturritas

Nas minhas crônicas, como na minha infância, estão muito presentes as caturritas. Elas acabavam com as lavouras de milho e infernizavam as brincadeiras à sombra dos eucaliptos, tal a quantidade de espinhos que se desprendiam da construção de ninhos, sempre bem altos e feitos com pequenos ramos secos e espinhentos. Seu apetite voraz as coloca como inimigas do homem, ainda que aprendam a falar quando criadas em gaiolas, e devidamente ensinadas. Também com elas, os humanos exercitam o dualismo amor-ódio, sob as vistas de órgãos fiscalizadores, e de proteção ao meio ambiente e aos animais. Mas elas devem temer o homem mais como seus matadores do que pelas artes de prendê-las em gaiolas e as ensinar a falar.

Hoje vou lembrar fato da infância que bem evoca esse sentimento de animosidade e preconceito em relação às caturritas. Jacques, meu irmão um ano mais moço, era bem pequeno quando achou faca velha de mesa no monturo, e se dispôs a usá-la em suas artes. Crispim descobriu que as mudas de árvores que ele mesmo plantara tinham sido falquejadas, e não havia dúvidas quanto ao autor da agressão. Chamou o filho, e perguntou se ele sabia quem tinha feito aquela maldade. "Foram as tatulitas. Elas coltam com o bico" – respondeu o guri arteiro. Contendo o riso, o pai contentou-se em aplicar um sermão no guri.

Minha experiência pessoal com as aves passa por momentos de afirmação e uso de arma de chumbo calibre doze, já na adolescência.

> Mas fui despertado com sons inconfundíveis: a barulheira das caturritas.

Atirava no bando quando as aves voltavam para os ninhos nos fins de tarde. A noção cultivada de que estava fazendo algo útil e auxiliando os agricultores da vizinhança superava o sentimento de pena e o coice no ombro direito que a calibre doze repetia a cada disparo.

As caturritas existiam na fronteira com o Uruguai em grande quantidade, e eram consideradas como praga havia algumas gerações de agricultores nos dois lados da fronteira.

Há cinquenta anos, lembro a curiosidade de meu sogro a respeito delas, pois recém estavam chegando a São Jerônimo. Admirava-se quando lhe falava do apetite dos animaizinhos que atacavam em bando e fazendo algazarra com suas vozes fortes, irritantes. Custava-lhe acreditar que bandos de caturritas, destruidoras de lavouras, também participassem das carniças, ou viessem bicar mantas de charque nos varais, ou carne de ovelha recém-carneada, dependurada para orear.

Cheios de dúvidas, falávamos sobre o emprego, no Uruguai, de projetis incendiários visando a destruir os protegidos ninhos das aves. Ríamos e duvidávamos da veracidade dos causos de vizinhos das Lavras, que usariam espigas de milho embebidos na cachaça para embebedar as aves e abatê-las a porretadas.

Todas essas histórias dormiam na memória, e eu achava que não voltaria mais ao assunto, pelo menos nas minhas crônicas mensais para o *SulRural*. Com a pandemia, e permanecendo em Porto Alegre, poucas seriam as oportunidades de encontrá-las. Numa atmosfera de quase sonho, bem acomodado numa cadeira à sombra de velha timbaúva, árvore maior do pátio de minha casa, eu lia algo que me absorvia quase por completo. Mas fui despertado com sons inconfundíveis: a barulheira das caturritas. Que faziam elas? Atacavam as muitas orquídeas nativas que enfeitavam os ramos da árvore. Só então atinei para os fragmentos de orquídeas distribuídos pela grama. Incrível o que eu assistia: ataque de caturritas às admiradas e muitas orquídeas que embelezam meu pátio. O filho Rodrigo, com melhores olhos, confirmou o que eu via.

É preciso reagir, mas o faço sem a agressividade dos tempos de infância e juventude. Pensando e repensando, permaneço mais tempo que o habitual à sombra da timbaúva, com o radinho de pilha em alto volume, vestes coloridas e chapéu de palha: brinco de espantalho, recém-chegado aos oitenta anos de idade.

SulRural n.º 445 – outubro/2020

36

Noventa anos e um livro

O regime republicano no Brasil levou algum tempo para firmar-se, até porque Dom Pedro II era uma figura muito querida, e isso ajudara a conservar como pátria única um enorme território na América do Sul. Mas a chamada Primeira República era uma realidade conservadora, desigual, sem indústria pesada e sem perspectivas para o proletariado crescente nas cidades. Nela predominavam elites ligadas ao campo. Era a chamada Política do Café com Leite, que alternava presidentes ora paulistas, ora mineiros, sem dar oportunidades a que pessoas de outros Estados pudessem atingir a presidência da República. A economia era dependente de produtos primários e girava em torno do café, o grande produto de exportação.

Havia um descontentamento, sobretudo nas forças armadas, e que se manifestava por meio de movimentos revolucionários. Estes ficavam localizados, como o do Forte de Copacabana, em 1922, ou se escondiam por trás de questões regionais preponderantes, como acontecia no Rio Grande do Sul. Nele, governos autocráticos, como os de Júlio de Castilhos e de Borges de Medeiros, levaram os gaúchos às revoluções de 1893 e de 1923.

Apesar de autoritários, os governos no Estado buscavam embasamento científico e uma probidade administrativa que os credenciavam perante o país e as forças armadas, nas quais também encontrava guarida a filosofia de Augusto Comte. Até como consequência do Tratado de Pedras Altas, que pôs fim à Revolução de 1923, Borges de Medeiros não poderia buscar reeleição. Surgiu então como candidato Getúlio Vargas, um republicano histórico que teve apoio dos assisistas e assumiu o Piratini em 1928, com uma bandeira de pacificação e de reformas.

A crise da economia mundial teve seu ápice com a quebra da Bolsa de Valores de Nova Iorque, em 1929. O

> Felizmente, a Revolução de 1930, que levou Getúlio Vargas e os gaúchos ao poder, teve poucas mortes a lamentar.

preço internacional do café, por exemplo, passou a ser um quinto do que atingira. O presidente Washington Luiz, descumprindo a Política do Café com Leite, indicou para seu sucessor o governante de São Paulo, Júlio Prestes. O descontentamento era geral, e surgiu no Rio Grande do Sul a candidatura de Getúlio Vargas para a presidência da República, pela Aliança Liberal, tendo como vice, João Pessoa, que governava a Paraíba. A campanha eleitoral empolgou os brasileiros de sul a norte, e a eleição de Júlio Prestes foi contestada. O descontentamento generalizado, aliado a acusações de fraude eleitoral e ao assassínio de João Pessoa, em Recife, deflagraram a Revolução de Trinta, que vinha sendo preparada cuidadosamente por Osvaldo Aranha, Flores da Cunha, Góis Monteiro e muitos outros.

Felizmente, a Revolução de 1930, que levou Getúlio Vargas e os gaúchos ao poder, teve poucas mortes a lamentar. O grande embate entre as forças revolucionárias e as que se mantinham fiéis ao presidente Washington Luiz ocorreria em Itararé, e não aconteceu graças a entendimentos entre os comandos militares. Isso levou Aparício Torelly a intitular-se, desde então, o Barão de Itararé, a batalha que não houve. Ainda hoje, noventa anos passados da revolução, Getúlio Vargas continua a despertar paixões. Mas há fatos e decisões que o ligam diretamente com o início do Brasil moderno. Descontadas as paixões, a história do Brasil se divide entre antes e depois de Getúlio Vargas.

Claro que a história tem de ser escrita por historiadores, mas os fatos, inúmeras vezes, são mais conhecidos por meio de obras de ficção. Assim, a formação e toda a história do Rio Grande do Sul, sua evolução no tempo, contida na tríade de Érico Veríssimo, *O tempo e o vento*, é bem mais lida e divulgada do que os livros elaborados por historiadores, ainda que bem escritos e frutos de indispensáveis pesquisas orientadas com rigor científico.

É nessa onda de valorizar livros que divulguem fatos históricos, sem fugir à emoção e à arte de bem escrever, que me entusiasmei, anos atrás, com o livro *Gaúchos no Obelisco*, de Cyro Martins, sobre a revolução ocorrida há noventa anos. O livro conquistou-me, sobretudo ao montar o surgimento da revolução numa Porto Alegre provinciana, que buscava foros de metrópole.

SulRural n.º 446 – novembro/2020

37

Cavalos e seus registros

Feliz de quem pode discutir com filhos e netos os rumos a tomar num futuro que não viverá, mas que incluem propriedade e interesses familiares. E quantas decisões de hoje terão maior ou menor importância pelo que acarretem de compromissos às gerações futuras? Saber distinguir o essencial do acessório, do circunstancial, parece-me um bom início. Mas tudo tem de ser assumido sem paixões, com inteligência e bom-senso.

    Ninguém discute, por exemplo, a importância de ter bons cavalos nas estâncias. Mas terão que ser crioulos registrados? É claro que, de início, as respostas virão rápidas e cheias de paixão, como acontece com tudo nos dias de radicalizações que vivemos. Por algum tempo eu vivi o sonho de ter todos os cavalos de serviço da Salamanca com registro. Mas, ao natural, a propriedade passou a ter muito mais animais cavalares do que o necessário, e com exigências e gastos consideráveis. E sempre à meia boca, a criação exigia recorrer a terceiros. Nisso, tinha a felicidade de ter vizinhos e parentes proprietários de animais de alta qualidade e que muito ajudavam. Afinal, a São Crispim, desde os tempos do Fernando Adauto, e depois com o Bóris, supria as deficiências. Gustavo, Adauto, o próprio Zeca, sem falar nos amigos de fora da família, como os Ferreira, ou o Leite, todos procuravam ajudar.

    Nunca faltou nem *padrillo*, nem assistência. Mas senti que teria de investir mais no criatório e que isso aumentaria ainda mais o número de cavalares dentro da estância. Percebi que a argumentação

> Os indígenas sofreram muitos impactos negativos no contato com os colonizadores europeus, mas os remanescentes cresceram, sobretudo quando montados.

do Diogo, filho e administrador, estava correta e decidi interromper a produção de animais com registro. Talvez minha mulher e os netos estranhem eu ter deixado de solicitar nomes de machos e de fêmeas iniciando com determinada letra e que serviriam para denominar os potrilhos nascidos a cada ano. Também a turma do galpão deve estar surpresa por eu deixar de perguntar o dia exato do nascimento de cada recém-nascido. Mas tudo tem um encadeamento, em busca da simplificação. Achei que era descabido continuar a produzir cavalos com nome, sobrenome e números para satisfação de um ego exigente, e que eu desejava menos centralizador. Adaptações ao futuro, com novos personagens, justificam minha opção pela humildade dos sem registro.

Mas estão muito enganados os que pensam que deixei de gostar de cavalos, ou que tenha tido alguma decepção com a raça crioula, ou com sua entidade associativa. Continuarei torcendo por amigos e seus cavalos, mormente pela turma da Cabanha São Crispim. Éguas, filhas do LS Balaqueiro, com suas crias, sempre alegrarão meus olhos e continuarei a contar histórias de cavalos e de seus donos.

Aliás, lembrei em conversa recente com amigos, a origem do nome Balaqueiro, do inesquecível vencedor de Freio de Ouro. Tal nome foi escolhido pelo Fernando Adauto e homenageia a verve do ex-governador Alceu Collares. Perguntado sobre local de nascimento, Collares teria respondido, mais ou menos assim: "Se eu disser que nasci em Bagé, vão me chamar de balaqueiro..." Risos à parte, seguirei sendo um admirador de bons cavalos e a destacar a importância deles na história da América do Sul.

Os indígenas sofreram muitos impactos negativos no contato com os colonizadores europeus, mas os remanescentes cresceram, sobretudo quando montados. Deslocamentos rápidos e habilidades logo adquiridas fizeram de nossos indígenas notáveis cavaleiros, tanto na paz quanto na guerra. E a adaptação dos cavalos ao novo ambiente foi admirável, desde o litoral até os contrafortes andinos. Houve toda uma seleção natural, logo orientada pelos indígenas, que desenvolveram novas técnicas na doma e na equitação como um todo. Surgiu uma raça, a raça crioula, que tem sido estudada e melhorada através dos tempos. Suas características são tão positivas, que está conquistando áreas de criação Brasil afora, já bem longe do Rio Grande do Sul, do Chile ou dos países platinos, lugares de surgimento e seleção.

SulRural n.º 447 – dezembro/2020

38

Mensagens inesquecíveis

No início dos anos setenta vivi nos Estados Unidos, em função da cirurgia de corações. Fui *fellow*, espécie de médico residente, na Cleveland Clinic. E minhas vivências ficaram mais ricas por ter chegado lá com mulher e dois filhos pequenos. Tudo isso tem sido rememorado depois que resolvi escrever um livro de memórias ao completar 80 anos de vida. Há todo um conjunto de lembranças que merecem ser aproveitadas e divididas com o leitor, como faço agora. Falarei de duas mensagens: uma impactante sempre e, a outra, pela repetição, ouvida pelo rádio durante rotineiros deslocamentos de carro.

A primeira impactou-me logo que liguei a televisão na casa nova, cercado pela família e em fase de adaptação a tudo. Era uma simples mensagem a favor da conservação do meio ambiente, mas comprovava a grande distância tecnológica que existia entre os Estados Unidos e o Brasil, sobretudo nas comunicações. O Brasil recém se iniciava na televisão a cores. Mas vamos ao que tanto me emocionou. Numa paisagem com rio e floresta em ambas as margens, a câmera focava pequeno barco em que um homem remava. À medida que diminuía a cerração na madrugada, as coisas iam ficando mais nítidas. O barco ia bem devagar, com remadas cadenciadas. Aos poucos se ia identificando o remador, um índio já envelhecido, cocar na cabeça, tórax musculoso, braços ocupados em remar. Logo a atenção era fixada na água do rio à volta da embarcação. E ela era puro lixo: garrafas, sacos plásticos, peixes mortos, pedaços de objetos abandonados, restos de comida, material em decomposição. Tudo cercava o índio, que continuava a remar. Então a câmera era deslocada em *close* para a cabeça do índio, e o destaque ficava nas lágrimas a escorrer por sua face. Confesso que não lembro se havia palavras ou fundo musical; a sequência de imagens se bastava. O apelo visual era inesquecível.

> O apelo do indígena chorando, e a repetição da frase rimada permanecem em mim com uma atualidade desafiante.

Sempre fui um grande ouvinte de rádio, até para aproveitar os deslocamentos de carro para os hospitais, que ocuparam um bom tempo em minha vida. Também aí os primeiros tempos nos Estados Unidos ficaram bem marcados. Lá só contam com planos de previdência e assistência médica aqueles que tenham contribuído para tal. Assim, os americanos pobres seriam menos assistidos paternalmente pelo governo do que os do Brasil. Desassistidos por políticas públicas, eles passariam a depender de campanhas de assistência, religiosas ou não, mas que movimentam toda a sociedade americana.

Como os americanos costumam prestar serviço militar, e participam ou participaram de alguma guerra mundo afora, é natural que os movimentos em favor dos veteranos de guerra centralizem campanhas de arrecadação de fundos, sobretudo em fins de ano. E não é por acaso que os Hospitais de Veteranos são uma realidade efetiva em todo o país. Lembro muito bem de uma frase sendo repetida pelo rádio e ouvida nos deslocamentos: "Don't forget, hire a vet" (Não se esqueça, contrate um veterano). O apelo do indígena chorando, e a repetição da frase rimada permanecem em mim com uma atualidade desafiante.

O interesse em tratar de mensagens acolhidas pelos nossos sentidos e valorizadas por sua qualidade parece-me muito atual. Infelizmente, a informação passou a ser banalizada e distorcida nas redes sociais. Será que pessoas sem qualquer compromisso ético, muitas delas com evidentes alterações de psiquismo, merecem tanta atenção? Paixões destemperadas, agressões, fanatismo, todo um conjunto de mazelas faz com que grandes conquistas no mundo da comunicação caiam no descrédito pelo seu mau uso.

    Otimista, espero que isso melhore, e que os talentosos e bem-intencionados tenham vez, e com alguma arte. Espero ser dispensado de buscar belas mensagens num passado já remoto, ou que o faça apenas para cultivar o agridoce sentimento da saudade.

SulRural n.º 449 – fevereiro/2021

39
Homens, cavalos e lembranças

Quando, aos onze anos de idade, fui aluno interno do Colégio Nossa Senhora Auxiliadora, em Bagé, uma atividade muito agradável era a dos banhos com piquenique ou churrasco no Passo do Valente. Tudo ocorria num lugar de passagem do Rio Negro, antes de ele penetrar no Uruguai e se tornar mais caudaloso e importante. Anos após, a estrada que se usava para chegar até lá virou via internacional asfaltada, e os campos que ela atravessa sofreram grandes modificações.

Ocorreu verdadeiro *boom* nos parâmetros regionais quando aqueles campos passaram a ser considerados como ideais para a criação de cavalos de corrida. Surgiram vários haras, com suporte econômico nacional e internacional, que alteraram a paisagem e introduziram sofisticação no relacionamento homem-cavalo, tão presente no pampa desde a chegada dos últimos, com os europeus, em pleno século XVI. De repente, a paisagem passou a ser ocupada por belas casas cercadas de galpões, celeiros e bosques, com mangueiras, corredores e divisões de potreiros limitadas por cercas de madeira pintadas de branco.

Aviões pousavam em Bagé, levando ou trazendo éguas e cavalos que valiam fortunas, e que na hora da reprodução exigiam muito trabalho na escolha de seus parceiros. Morfologia, desempenho, genética, tudo era pesquisado para a geração de futuros campeões em hipódromos distantes. O acompanhamento das éguas prenhas exigia cuidados que aumentavam por ocasião do seu final. E a cada par-

> A égua mansa parou de pastar quando se aproximou o guri arteiro, descalço e vestindo apenas um calção. Ele se aproximou como se nada fosse fazer; apenas a égua adivinhava seus movimentos.

to, veterinários e tecnologia eram convocados para acompanhamento e possível intervenção. Campos nativos ricos em gramíneas e leguminosas propiciavam alimentação que pouco necessitava de complementos. Além disso, as várzeas e coxilhas, de solo não compactado, desafiavam éguas, potrilhos e reprodutores a trotear, galopar e correr, desenvolvendo ou mantendo suas aptidões, músculos e aparelhos cardiovasculares.

Iniciei falando de cavalos puro-sangue inglês, e lembrando do alemão Gilberto, meu sobrinho e afilhado. Ele participou do dia a dia dos haras por alguns anos e aprendeu muito. Voltou a lidar com os cavalos do pampa, com os crioulos, após passar alguns anos de convívio com os puro-sangue. E teve a sorte de passar para os filhos a sua paixão por cavalos. Essa paixão, aumentada no convívio com pessoas como o Wilson Souza, nascera bem antes, na sua infância, quando espichava os dias passados no Sobrado. Ele considerava meu antigo capataz, Ari Lopes da Silva, inspirador de meu livro *De Janguta a seu Ari*, como um de seus primeiros e definidores mestres. Pois neste final de ano difícil, o Ari encerrou suas atividades como capataz da Salamanca. Optou por cuidar de sua chácara e conviver mais de perto sobretudo com o neto. Nada mais merecido, e com a justificada gratidão das gentes do Sobrado e da Salamanca.

Agora, em janeiro, meu filho Diogo visitou o Ari, na sua chácara, cuja porteira tem uma placa de madeira fruto de gozação do Jacquinho, com a figura de um gaúcho de bombacha cheia de remendos e com os dizeres: *Condomínio Mão Fechada*. Acredito que não seja necessário explicar o porquê do nome nem sua conservação por um proprietário bem conhecido como contador de histórias e empulhador. A tal visita do Diogo encheu-me de satisfação, pois ele teve a feliz ideia de gravar momentos do Otávio, o neto do Ari, em plena atividade, mal chegando aos dez anos de idade. A égua mansa parou de pastar quando se aproximou o guri arteiro, descalço e vestindo apenas um calção. Ele se aproximou como se nada fosse fazer; apenas a égua adivinhava seus movimentos. De repente, quadrou o corpo e saltou em pelo no lombo dela. Jogou todo o corpinho leve contra o costado da égua. Apenas o pé e o braço direitos ultrapassaram o lombo, em que se apoiaram puxando o corpo para cima. Perfeito. E Diogo foi feliz ao registrar o sorriso do avô. Indescritível...

SulRural n.º 450 – março/2021

40

Verões chuvosos

Lembro bem da luta do Fernando Adauto para entender, aproveitar e preservar os solos e sua cobertura vegetal no Rio Grande do Sul. Ele foi estudante de Agronomia num tempo de radicalizações, quando o moderno era lavrar terras, lutar contra os latifundiários e defender a reforma agrária. Quando um político de extrema esquerda considerou o produtor rural um gigolô do boi, ele achou que o dito cujo estava partindo de um diagnóstico errado e que estaria mais próximo da verdade se considerasse o fazendeiro um gigolô do campo, não do boi.

Claro que ele tinha suporte na história e na utilização dos campos pelo gado desde a sua chegada com os jesuítas. A necessidade de alimentar os indígenas nas Missões teria transformado os religiosos em grandes latifundiários no pampa da América do Sul.

Durante séculos, campo e gado melhoraram-se mutuamente, sem grandes interferências do homem, afora as tropeadas desde as estâncias no pampa até as Missões. Com a guerra guaranítica e a expulsão dos jesuítas, gado e campo continuaram se ajudando, e grandes rebanhos sem dono propiciaram até o surgimento de homens sem lei, que matavam o gado apenas para aproveitar os couros.

Assim surgiu o gaúcho, primitivo e de má fama. A evolução histórica e o poder de adaptação dele, ora campeiro, ora soldado, mas sempre evoluindo no sentido de facilitar o natural entendimento do binômio campo-gado, evoluiu por séculos. Até que a escassez de terras aráveis na metade norte deslocou agricultores de lá para o pampa. E uma agricultura intensiva e sem maiores preocupações ecológicas invadiu a metade sul do Rio Grande.

Era preciso mostrar que os belos campos da campanha seriam degradados em pouco tempo se transformados em lavouras. Todos tinham de saber que o solo do pampa é pouco profundo e muito sujeito à erosão. Também era importante mostrar que uma pecuária bem conduzida dá bons lucros. O desafio era motivar gente em todos os setores, sobretudo pessoas e entidades ligadas à preservação do meio ambiente.

> Felizmente, a evolução inconteste do agronegócio no Brasil e no mundo, a vitória da ciência e da tecnologia, também no campo, são uma feliz realidade.

Valorizar a pecuária em campo nativo e melhorado era uma tarefa que se tornou mais fácil com a participação de entidades internacionais como a *Bird Life*. Era preciso comprovar e divulgar as vantagens da carne obtida a partir de animais criados em campos nativos. Misturar pecuaristas, agricultores, preservacionistas e apreciadores de passarinhos em encontros de alto nível passou a ser uma realidade e com repetições programadas em todo o pampa.

Em fevereiro, Fernando festejava seu aniversário e era tradicional que isso motivasse discussões acaloradas e posicionamentos definidos sobre política e economia do setor agropastoril no Estado. Na São Crispim, conheci muita gente relacionada com o campo e sua exploração. Alunos estagiários de cursos de Agronomia, professores motivados pela preservação do pampa, todos participavam com o Fernando de eventos cheios de criatividade que resultaram na Alianza Del Pastizal. O argentino Aníbal Parera, os professores Aino Jacques, Carlos Nabinger e tantos outros eram gente de casa na Estância São Crispim.

Felizmente, a evolução inconteste do agronegócio no Brasil e no mundo, a vitória da ciência e da tecnologia, também no campo, são uma feliz realidade. Como acréscimo, grandes, médios e pequenos proprietários comprovam teorias e produzem muito mais e melhor do que trabalhadores do campo num mundo socialista. Hoje, Fernando Adauto teria motivo para festejar o acolhimento de suas ideias e de suas lutas, bem como a continuação da sua São Crispim como centro irradiador de conhecimentos e de pesquisa.

Polêmico, ele não deixaria de falar do tempo e dos verões chuvosos como o que está findando. Ele, que se habituara a verões secos, não gostava de campos com pasto em excesso e aguado, que pouco engorda. Mas, na contramão das próprias convicções, eu sei que ele brindaria pela chuvosa e incerta felicidade de amigos e vizinhos plantadores de soja...

SulRural n.º 451 – abril/2021

41

Meu amigo Saraiva

A Covid-19 levou o médico e ruralista Fernando Saraiva, aos 84 anos de vida, no dia 28 de março passado. Mais uma perda a lamentar, mas recheada de lembranças que a torna ainda mais sofrida. Há amigos que encontramos vez que outra, mas nos enchem de satisfação quando o acaso proporciona os encontros. Fernando Saraiva e eu vivemos uma mesma geração de médicos e sempre tivemos laços de amizade e de comprometimentos na vida que valiam papos animados, em que não havia assunto proibido, mas todos tinham raízes no passado e em atividades que se transferiam dos consultórios e hospitais para as planuras e coxilhas de um pampa, cada vez mais amado.

Irrequieto e inteligente, Saraiva era de uma atividade difícil de acompanhar. Num curto período em que foi instrutor da cadeira de Pediatria na faculdade (UFRGS), ele entusiasmou a mim e a vários colegas, que até escolheram a especialidade em função de suas aulas informais à beira do leito, em tempos de Santa Casa. Era um entusiasta pelo serviço neonatal especializado, responsável pela sobrevida sem sequelas de prematuros.

Vivenciamos tempos de transição e de grandes avanços na medicina. Mas sendo médicos em hospitais e especialidades diferentes, perdemos o contato do dia a dia, que voltou a existir num curto período em que ele foi superintendente do Grupo Hospitalar Conceição (1986-88). Lá, como sempre, ele correspondeu às expectativas, e pouco tempo após recebeu o título de cidadão emérito de Porto Alegre.

> Transplantes de múltiplos órgãos, desvendamento de genoma, pesquisas sobre imunidade, e todo um mundo de ciência e de suas aplicações tranquilizavam-nos como médicos aposentados [...]

Poeta inspirado, escrevia com grande facilidade. Autor de livros e de letras para músicas consagradas, Fernando continuava atualizado e muito participante nas redes sociais, em que seus textos eram compartilhados e discutidos. Democrata e liberal assumido, ele costumava defender posicionamentos claros e coerentes.

Vibrava com o convívio com a natureza, e nossos encontros terminavam por acarretar atrasos nas nossas viagens, já que ocorriam no Restaurante Papagaio ou no Posto do Osvaldo Müller, junto à entrada para Cachoeira do Sul, na BR-290. Estávamos indo ou voltando das querências e cheios de informes e de entusiasmos pela vida rural e pelas atividades ligadas à pecuária. Reabastecíamos os carros e recarregávamos as reservas de afeto e amizade. Comentários sobre Hereford, Braford ou Angus, e sobre pastagens, negócios e previsões do tempo eram atualizados. Mas tudo secundava conversa sobre amigos e fatos do passado e a gozação dele, segundo a qual éramos muito dependentes da Flora. Não a dos vegetais, a das nossas pastagens, mas as que estariam aguardando por nós em casa, nossas mulheres que têm o mesmo nome: Flora.

Comentávamos sobre passagens de nossos textos, e ele inflava meu ego ao rememorar passagem de meu conto "Cobertorzinho", em que eu inicio falando do silêncio da manhã de geada sendo interrompido pelos golpes de pá, abrindo mais um buraco na coxilha de um verdinho enganoso de campo roseteiro. A ação do aramador fora ultrapassada pela descrição da coxilha pobre em que ele trabalhava, segundo o sensível poeta Fernando Saraiva, também conhecedor das rosetas desde os tempos de guri.

Os progressos da medicina eram assunto discutido, mas de certo modo deixados de lado, por seguirem rota contínua e acelerada de conquistas científicas e tecnológicas. Transplantes de múltiplos órgãos, desvendamento de genoma, pesquisas sobre imunidade, e todo um mundo de ciência e de suas aplicações tranquilizavam-nos como médicos aposentados de um tempo em que as doenças infectocontagiosas eram as mais importantes.

Não havia previsão de que um vírus primário, que só se completa ao invadir células, que poderiam ser as nossas, viesse a ser pandêmico nos seus efeitos sobre a humanidade. Irracionalidade, radicalismos e rotinas pouco praticadas tomaram conta do mundo. E eu? Condenado a monólogos, sem o parceiro desaparecido.

SulRural n.º 452 – maio/2021

42

Pescando com entono

O natural desprendimento em relação a luxos e vantagens materiais tem sido cantado em prosa e verso por todo o pampa quando se fala do gaúcho ou *del gaucho*. Afinal, levou algum tempo para que deixasse de ser nômade ou habitante de ranchos feitos de torrão e cobertos de santa-fé. Seus patrões, ou eles mesmos quando proprietários de terras em função de méritos guerreiros, costumavam ser pouco exigentes ao construir suas casas. Na verdade, léguas de sesmaria tinham construções precárias como sede das estâncias. Não raro o gaúcho altivo, desempenado, tinha de curvar-se para atravessar a porta de sua casa, ou conservava o poncho vestido no interior delas para enfrentar os invernos frios, de repetidas geadas.

Levou algum tempo para que os estancieiros do Continente de São Pedro aceitassem progressos na construção de seus lares. E isso aconteceu em função dos invernos rigorosos e de ideias progressistas desenvolvidas em cidades como a Pelotas do ciclo do charque, ou de visionários como Assis Brasil, que construiu um castelo no meio do campo. Ao dotar seu castelo com várias lareiras, Assis Brasil foi mais uma vez revolucionário. Fogões e lareiras substituíram o fogo de chão e chegaram aos galpões, lá onde na roda de mate das madrugadas definem-se desde o serviço do dia até metas mais ousadas, que levavam Joaquim Francisco a comparar nossos galpões com os parlamentos.

Meu pai, embora adversário político do revolucionário de Pedras Altas, era um inovador, e eu, desde a primeira infância, convivi com água encanada, banheiros, esgotos canalizados, banhos quentes e outros progressos assegurados pelo aproveitamento dos ventos para gerar energia, de gerador para gerá-la na ausência de ventos e guardá-la em respeitável rede de baterias.

> E relatos tragicômicos confirmam a afirmação secular de que os costumes são corrigidos por histórias que provocam riso.

A busca de um mínimo de conforto para os indivíduos e para as comunidades gerou soluções nos mais diversos níveis, e um surto industrial com a criação de muitos empregos. As cidades cresceram à custa das populações rurais, mas a mecanização da lavoura e uma série de conquistas tecnológicas no campo compensaram o êxodo. Quem ficou no campo, ou para ele voltou, o fez para dirigir tratores e operar maquinaria cada vez mais complexa, para inseminar vacas de valor crescente, ou para criar e preparar cavalos bem mais exigidos em provas de competição e lúdicas do que no trabalho das estâncias.

Cursos e mais cursos capacitam os trabalhadores rurais, cujos filhos são buscados diariamente nas fazendas para estudar nas escolas das cidades. Eletrificação rural, telefonia, televisão e redes digitais de comunicação constituem realidade que leva os produtores rurais a construírem casas cada vez mais confortáveis. Suas famílias, como as de seus funcionários nos galpões, têm de contar, no mínimo, com os mesmos recursos que teriam se morassem e trabalhassem nas cidades.

Mas nem tudo é tão pacífico na evolução do bem-viver, tanto para proprietários quanto para seus empregados. E relatos tragicômicos confirmam a afirmação secular de que os costumes são corrigidos por histórias que provocam riso. Contam que fazendeiro muito rico e apegado ao dinheiro tinha dificuldade para conseguir e conservar empregados. Até aí, nada de novo, nem na história nem nos últimos melhoramentos para seu galpão, quase tapera.

Talvez por necessidade, mas também por capricho, um jovem a quem vou chamar de Elesbão resolveu que iria trabalhar com o patrão mal afamado. Passados alguns dias, o hábito de matear na madrugada e as campereadas compartilhadas estabeleceram pontos de contato e até acenavam para concessões e um bom relacionamento. Mas houve uma noite com muita chuva, e o teto do galpão era uma coleção de goteiras. Empoçou água numa depressão do chão batido e Elesbão resolveu que iria embora. Mas o faria com entono. Na hora que o patrão entrou no galpão, lá estava ele: poncho vestido, chapéu tapeado e segurando um caniço à frente da possa d'água...

SulRural n.º 453 – junho/2021

43

Luxo de marcação

As tarefas do dia a dia nas estâncias viravam festa, e nada superava os dias de marcação. Neles, eram valorizadas habilidades desenvolvidas ao longo de vidas inteiras como campeiros e que se iniciavam bem cedo. Afinal, ninguém nasce sabendo pealar, nem conhecendo a fundo o comportamento dos animais. A sadia competição e o número de pealadores estabeleciam ternos, equipes, para que todos dividissem funções menos nobres, como imobilizar o terneiro e marcá-lo, sem prejudicar o andamento da festa. Fogo de chão assegurava o aquecimento das marcas, bem como das cambonas e chaleiras para encher cuias que passavam de mão em mão nas rodas de mate. Alguma cachaça, vez que outra, animava conversas e aumentava feitos.

Particularmente, eu gostava muito das festas de marcação, e algumas coisas permanecem bem vivas na memória. Uma cambona, preta pelo picumã, tinha seu conteúdo continuamente renovado: salmoura morna. Nela, eram mergulhados os testículos dos terneiros, depois de terem sido jogados sobre as brasas a cada castração. O mergulho na cambona salgava e liberava do excesso de cinza aquela especialidade gastronômica, cujas qualidades parecem melhorar com o passar dos anos. Todos participavam daquele aperitivo, suados e alegres, cheios de vida e de força. Mitigava-se o apetite enquanto ia sendo preparado o churrasco de meio-dia.

Em que pese o culto do tradicionalismo, vão rareando as marcações como eram feitas antigamente, a pealo, com marca quente, assinalação e castração à faca. Não faltam pealadores, mas as facilidades

> Através dos tempos, tenho ressaltado esse poder de adaptação, e mais uma vez o faço, mas com a nostalgia de tempos vividos numa infância feliz.

de brete e a divulgação de práticas que assegurem menor agressão aos animais vão alterando o dia a dia das estâncias. As feiras de terneiros ganham espaço e exigem animais castrados, mas a castração costuma ser feita logo depois do nascimento, *na macega* com um mínimo de agressão ao animal. Não teria sentido fazê-la pouco tempo antes das feiras ou no período previsto para a venda dos animais. E tanto nos machos destinados à engorda em campo nativo, quanto nos encaminhados para confinamento, a preferência é pelos castrados *na macega*, com um mínimo de agressão ao animal.

Tal prática diminui em muito a oferta e o consumo dessa iguaria da minha infância em estabelecimentos de ponta, ávidos por melhorar a criação e a engorda de seus animais. A adaptação passa pelo emprego de outros petiscos também tradicionais dos churrascos, sem o luxo dos testículos assados nas brasas. Se depender de alternativas de mercado, a tendência é o desaparecimento desse luxo gastronômico das marcações, obtido pela castração de terneiros taludos como era feito antigamente. Apenas restarão alguns testículos de animais inicialmente destinados a serem touros e cuja evolução não tenha sido boa o suficiente para confirmar a escolha. Mas estes serão poucos em estâncias que buscam, cada vez mais, a inseminação artificial e a compra eletiva de touros em função de manejo e de sanidade.

Práticas de comercialização também têm desferido golpes contra a utilização de alimento tão *sustancioso*. Vejam que a venda de terneiros vivos para *as Arábias* tornou-se opção muito válida no pampa. Navios com milhares de terneiros atravessam os mares, mas os animais têm de ser inteiros, sem castração. Assim, castrando *na macega* ou deixando de fazê-lo por opção de mercado, vão-se adaptando os gaúchos e os *gauchos* a costumes do século XXI.

Através dos tempos, tenho ressaltado esse poder de adaptação, e mais uma vez o faço, mas com a nostalgia de tempos vividos numa infância feliz. Diminui um pouco o meu desapontamento quando imagino que, lá no outro lado do mundo, lá pelas *Arábias*, haverá bigodudos simpáticos que devorarão com muito prazer as iguarias, até afrodisíacas, que enviamos em portadores vivos mar afora. Bom proveito aos consumidores de alimentos e de ilusões.

SulRural n.º 454 – julho/2021

44
Poesia em nossas vidas

Não deve variar muito pelo mundo a maneira de aprender a se comunicar através de sons, que vão sendo melhorados ao longo de nossas existências individuais e num todo de evolução da humanidade. Todas as línguas no mundo tendem a ter grafia, a deixar fixado em páginas, livros ou registros eletrônicos tudo o que o homem produz de belo e de útil. Nos últimos tempos, o progresso tecnológico e o acúmulo de informações levam a especializações em todas as áreas de atividade. A previsibilidade, o planejamento, a parafernália do mundo moderno vão misturando homens e robôs na produção de objetos cada vez mais sofisticados. Possuí-los, entretanto, não significa muito na busca da felicidade se o consumidor não estiver preparado para bem valorizá-los. Sensibilidade e juízo de valores resultam de anos de aprendizado e de convivência humana.

Ao final das linhas de produção, muitos objetos de alto valor na economia e na linha de satisfação das necessidades contemporâneas suprem apenas parcialmente a corrida em busca da felicidade. Esta só se completa com a criatividade e a labuta insana em busca do belo e do verdadeiro. E os nossos cinco sentidos são extrapolados tecnologicamente para reconhecê-los. Mas confesso a insuperável sensação do arrepio como ideal de percepção estética no meu mundo muito particular e que busco conhecer melhor a cada dia. Ser tomado pela emoção, ter um choque em que o bem e o bom invadam nosso imaginário em cambalhotas e truques de saltimbancos travestidos de palavras em tempos de poesia.

Nossa disposição para reconhecer e gozar o belo evolui no tempo e no espaço, e nossa memória tem aí um papel fundamental e seletivo. Lembro tempos de colégio em Bagé e da leitura de redações feitas por guris, alguns já mais ambiciosos, na busca por bem acolherar as palavras, fabricar rimas e ser alguém num mundo que já parecia desafiador e desconhecido.

> Afinal, em tempos de inverno, sempre será possível abrir a janela e verificar "que a geada vestiu de noiva os galhos da pitangueira".

Pois num belo dia, na aula de português, o colega Luiz de Martino Coronel leu numa redação, dessas feitas por obrigação e para valer nota, uma frase que nunca esqueci: "Saudade é espinho cheirando a flor". Confesso que esta frase ou verso produziu em mim um arrepio estético capaz de resistir ao tempo e às vicissitudes. Teria ela nascido da cabeça de um já poeta, ou fora copiada de alguém? Não importa, persistiu o arrepio e aumentou a expectativa e a esperança de que o Luizinho, como era chamado por seus tios Djalma e Pery, confirmasse seus desígnios de poeta. E Luiz Coronel o fez com sobras, com brilhantismo e reconhecimento de um mundo exigente.

Estava sem saber ao certo qual seria o assunto da crônica para o *SulRural*, quando abri o Caderno de Sábado do *Correio do Povo* e voltei a ter um arrepio estético ao ler os primeiros versos da coluna do Luiz no jornal. Nem foi preciso ler a poesia inteira. Tremi ao ler: "As pessoas morrem, levam sua sombra, deixam sua luz.// Minha luz é minha poesia.// Não é uma estrela, farol ou cometa, é apenas um vaga-lume brilhando na escuridão." Estava feita a escolha do assunto para a crônica. Mas, sobretudo, sinalizava tempos de quem passa dos oitenta...

Quanto de lirismo meu colega Luiz Coronel adiciona aos temas do pampa e de suas gentes! Muitas de suas poesias viraram músicas premiadas em festivais. Quando o leio, sinto todo o mundo encantado dos poetas, com a beleza das coisas simples e que a natureza não cessa de oferecer todos os dias.

Pudesse eu escolher um final de vida, optaria por morrer de emoção, de choque estético como os despertados por versos bem feitos. Não concordariam os médicos no atestado de final de vida com algo tão simples, mas nada impede que tais sentimentos povoem os tempos de terceira idade e se oponham a limitações sofridas e naturais. Afinal, em tempos de inverno, sempre será possível abrir a janela e verificar "que a geada vestiu de noiva os galhos da pitangueira...".

SulRural n.º 455 – agosto/2021

45

Esportes sem limites

Quais os limites de nossos corpos? Os jogos olímpicos que invadiram nossas casas deram testemunho da ascensão contínua de gente capaz de ganhar medalhas desde os treze anos de idade, num universo incrível de práticas esportivas. Natural que o desafio também seja às mentes dos atletas. Ambos tão complexos quanto os nossos, mas com uma exposição midiática sem igual e desafiante. Criatividade, treinamento, disciplina foram menos mostrados, mas estão no dia a dia de todos os atletas. Eles se submeteram a protocolos e deram demonstrações, em tempos de pandemia, de serem capazes de aumentar os créditos das qualificações humanas.

Ainda que sem público pleno nos estádios, as competições no Japão ocuparam nossas madrugadas e se constituíram num espetáculo capaz de desafiar nossos sentidos, ampliados por aplicativos de tecnologia eletrônica.

Médico e desportista, conhecedor das potencialidades e dos limites de nossos corpos e de nossas mentes, fico feliz com o que foi mostrado. Atletas de todas as raças, credos e geografias competiram com esportividade, tomados pelo mais genuíno espírito olímpico. Houve exceções, como em tudo, mas os Jogos Olímpicos do Japão aumentaram o otimismo em relação ao bicho homem e seu planeta.

Na minha infância, feliz e distante, assisti a meu pai dar exemplos impossíveis de cair no esquecimento. Ele que fora remador, praticante de luta greco-romana e de boxe, além do futebol, adaptava-se ao meio e buscava estimular os filhos para que praticassem esporte.

> Era bonito ver os médicos envolvidos na prevenção das doenças, lutando para ter menos pacientes, em comunidades mais sadias, com menor número de obesos, sedentários e consumidores de drogas.

"Mens sana in corpore sano" era bem mais que uma mensagem ouvida nos meus verdes anos, quando ainda era incapaz de entendê-la por completo. No colégio, em Bagé, os padres gostavam de ouvi-lo a considerar o esporte como o grande anjo da guarda da juventude. Estimulando os filhos ou desenvolvendo a prática de futebol na campanha, ele dava exemplo de como respeitar e melhorar nossos corpos e nossas mentes.

Num tempo anterior à televisão, lembro de ir ao cinema com ele e de uma particularidade. Chegávamos antes que se iniciassem os documentários, sempre ricos em esporte, e só saíamos após vê-los pela segunda vez, no início da sessão seguinte. As atividades esportivas eram vistas e revistas, meses ou anos após terem ocorrido. Num mundo de apressados em busca da felicidade e do prazer, meu pai preparava-nos para resistir a atalhos na sua busca. Drogas alucinógenas, busca química de falsos nirvanas não tinham vez em seu mundo. Ele conhecera o grau de satisfação conseguido por meio de exercício físico em competições sadias. Naquele tempo ainda não se falava das endorfinas, substâncias que nossos corpos fabricam por ocasião de exercícios intensos como os das competições esportivas. Ele as conhecia bem antes de terem nome, e era um propagador de seus efeitos.

O tempo em que morei em Cleveland, no início dos anos setenta, não serviu apenas para progredir na cirurgia de coração. Não era por acaso que os maiores avanços para corrigir lesões nas coronárias ocorriam nos Estados Unidos. Comendo e abusando de *fast foods*, fumando e bebendo além do tolerável, o americano médio engordava e enfrentava os problemas das doenças resultantes desses hábitos. Após uma juventude com muita prática esportiva, o esporte passava a ser aplaudido das arquibancadas ou visualizado pela televisão, sempre com uma geladeira próximo. Guerras mundo afora aumentavam o consumo já alto de drogas nocivas à saúde e cresciam as despesas com uma medicina curativa e de efeitos discutíveis.

Era preciso reagir, e as autoridades médicas, as sociedades como a americana de cardiologia, tomaram a dianteira. Lutas contra o fumo e bebidas alcoólicas mesclavam-se com outras visando a corrigir hábitos alimentares. Era bonito ver os médicos envolvidos na prevenção das doenças, lutando para ter menos pacientes, em comunidades mais sadias, com menor número de obesos, sedentários e consumidores de drogas.

SulRural n.º 456 – setembro/2021

46

Agosto pesado

Desde a infância habituei-me a encarar o mês de agosto com muitas reservas. Elas vão desde as condições climáticas do pampa com frio e pouca comida para os animais, até acontecimentos históricos de má fama e ocorridos nos meses de agosto, através de décadas e de séculos. É habitual, até por brincadeira, que os gaúchos perguntem sobre o futuro incerto de animais e de pessoas: será que passa do mês de agosto? Também rimas associam agosto com desgosto...

Sem dar muita atenção a crenças, dispunha-me a passar mais um agosto e encerrar livro de memórias que estou escrevendo há algum tempo, quando fui atingido em cheio com a morte de amigos e participantes dessas memórias. Assumo luto por parentes e amigos, que infelizmente não poderão se enxergar como leitores no livro, que sofreu mais um atraso. Perdi três amigos de fé e participantes de suas páginas: Fernando Hipólito Fabrício de Souza, Paulo José Gómez de Souza e João Alfredo Zoppas.

Fernando Hipólito, primo-irmão querido, foi meu colega nas aulas em tempos de Estância do Remanso, de seus pais, e no colégio em Bagé. Jogávamos futebol no time da turma e terminamos juntos o curso secundário. Quando perdi o pai e buscava forças para enfrentar os exames vestibulares, ele se mudou para o Sobrado e enfrentamos juntos o preparo para os exames. Muitas foram as horas de estudo à sombra das velhas caneleiras, próximas das casas. Passei no vestibular de Medicina, e ele, no de Odontologia. O mundo nos afastou, mas permaneceram vínculos bem presentes.

Paulo José, também parente, foi perda sentida por todo o país, tal sua atuação no teatro, no cinema e na televisão, durante toda uma vida. Senti sua morte como a de um colega de internato em Bagé. Inteligente, participativo e que não deixava em desuso o palco do velho Colégio Auxiliadora. Lembro dele contracenando com figuras que também se tornaram famosas em diferentes campos: Alceu Collares, Amadeu Weinmann e Mathias Nagelstein. Ao festejar os oitenta anos do primo Arlindo Ferreira de Souza, seu pai, na Estância do Cerro Branco; ao receber o título de cidadão de Porto Alegre, ou em encontros imprevistos nas Lavras, vivemos momentos felizes de reencontro. Sua morte, ou antes, seus esforços para atrasá-la e humanizá-la, fizeram dele um exemplo na luta contra doenças degenerativas crônicas. Foi um herói, a sua maneira.

> Quando acorelho essas linhas tristes sobre perdas em agosto, sou envolvido por pássaros em revoada e a fazer ninhos. Eles enchem de vida galhos de árvores cheios de brotação.

Mas foi na medicina, e em amizade menos antiga, que ocorreu a inesperada e grande perda. João Alfredo Zoppas foi meu colega na turma de médicos formados de 1965, pela UFRGS. Também fui seu colega na famosa Décima Enfermaria da Santa Casa, onde Telmo Kruse e Fernando Pombo Dornelles seguiam os passos de Alfeu Bicca de Medeiros na formação de cirurgiões. Urologista, com estágio no exterior, curou-me de câncer de próstata há quase vinte anos. Zoppas era um líder e mantinha a turma unida. Participava de jantares e de viagens, que organizava com sua querida Ângela. Escandinávia, Grécia, Mendoza, Patagônia, Terra do Fogo, Machu-Pitchu, Colômbia e tantos outros lugares passavam a ser mais íntimos com a presença dele. Por tudo o que compreenda uma amizade, o Zoppas deixou-nos, levando um pedaço de cada um de seus amigos e colegas, que tanto amava.

Os três amigos falecidos em agosto deixaram mulheres, filhos, netos, com quem divido sentimentos e homenagens. Quando acorelho essas linhas tristes sobre perdas em agosto, sou envolvido por pássaros em revoada e a fazer ninhos. Eles enchem de vida galhos de árvores cheios de brotação. São tempos de renovação em pleno pampa, e a natureza segue seus ritos.

Apesar das vidas cessadas, os falecidos homenageados continuarão presentes entre nós, seus amigos, e pelo que realizaram em seus campos de atividade. Viveram e deixam vidas que os continuarão. A pujança do campo, a Exposição de Esteio com suas chuvas, somadas a sinais de involução da pandemia, ajudam a superar até um mês de agosto bem pesado...

SulRural n.º 457 – outubro/2021

47
Romances cheios de história

O sonho de quem escreve ficção costuma ser a criação de um romance. Mercê do comportamento de escritores e críticos literários, firmou-se essa noção como realidade através de gerações. E houve tempo em que alguém só era escritor se dominasse a escrita em prosa e em verso, ambas, e sem versos livres. Havia quem cuidasse para o livro não tombar ao ser colocado de pé sobre uma mesa. Seria novela, e não romance, se ele tombasse. Havia toda uma série de conceitos e preconceitos, alguns arraigados, e que tolhiam ou estimulavam a criação literária.

Felizmente, nos tempos modernos, no mundo livre, as letras crescem em função da liberdade e da contestação. Não poucas vezes iniciei capítulos de um imaginado romance que abrangesse fatos históricos muito ricos do período de afirmação do Rio Grande como unidade dentro do mundo que fala português. Sempre no tempo da conquista e da consolidação do território. Ocupações outras e a necessidade de conhecer um pouco mais sobre a época e sobre as políticas de Portugal e Espanha, tanto na Europa quanto em suas colônias, serviam e servem para protelar o tal projeto.

Hoje, a possibilidade maior é que não escreva o tal romance. Provavelmente, os assuntos serão desdobrados em crônicas e ensaios, como já tenho feito. Mas o sentimento de frustração quase desaparece quando olho à minha volta e contemplo livros prontos de outros, que dificilmente serão igualados ao tratar de fatos ocorridos no Continente de São Pedro no século XVIII. Minhas figuras centrais

> Não poucas vezes iniciei capítulos de um imaginado romance que abrangesse fatos históricos muito ricos do período de afirmação do Rio Grande como unidade dentro do mundo que fala português.

com embasamento histórico seriam Cristóvão Pereira de Abreu e Manuel Jorge Gomes de Sepúlveda, que viveu em nossos pagos como José Marcelino de Figueiredo.

O rico e jovem português Cristóvão Pereira de Abreu chegou à América do Sul como *contratador de couros da Colônia do Sacramento*. Desde então, abriu caminhos e integrou o Rio Grande ao Brasil, como tropeiro ou guerreiro, conforme as necessidades. Quando José da Silva Paes fundou o Porto de Jesus Maria José, em Rio Grande, foi recebido com salva de artilharia por Cristóvão, que se encarregara de assegurar a posse efetiva do território, vital ponto de apoio para assegurar a posse da Colônia do Sacramento.

Já o nobre português Manuel Jorge Gomes de Sepúlveda chegou ao Rio Grande por caminhos imprevisíveis, ou determinados pela visão política do Marquês de Pombal. O jovem Sepúlveda participara da chamada Guerra dos Sete Anos e matara, em legítima defesa, oficial inglês aliado. Portugal dependia diretamente do apoio dos ingleses, e Sepúlveda foi condenado à morte. Refugiou-se na Espanha e lá aguardou providências de Pombal, que o enviou para o Brasil, com soldo de coronel e com o nome trocado para José Marcelino de Figueiredo. Ele chegou ao Rio Grande em período difícil, após a invasão espanhola (1763), em que se perdera a maior parte do território, bem como ambas as margens do canal e a navegação na Lagoa dos Patos.

Ele, comandando forças diminutas, antes e depois de assumir o governo, conseguiu coisas incríveis: reconquistou a margem norte do canal, desbaratou uma segunda invasão espanhola que terminou em Rio Pardo (1774) e preparou, já com a presença do general Böhm, a expulsão dos espanhóis do Rio Grande (1776). Transformou o Porto dos Casais em capital da Província, distribuiu terras, organizou defesas, educou índias na Aldeia dos Anjos para casarem com soldados e donos de terra, e até, como disciplinado soldado e disciplinador, indispôs-se com seu grande cabo de guerra, Rafael Pinto Bandeira, a quem prendeu e puniu. Afastado da província, voltou a Portugal, recuperou seus direitos como Sepúlveda e foi decisivo ao comandar forças contra Napoleão Bonaparte.

 Por que esta crônica? Para considerar menos importante escrever o meu romance. Afinal, a leitura de livros como *O cavaleiro da terra de ninguém* ou *O governador do Fim do Mundo*, do gaúcho Sinval Medina, diminui os efeitos de minha desistência.

SulRural n.º 458 – novembro/2021

48
A pandemia e os livros

Os tempos de pandemia já vão longos e produzindo alterações de comportamento que estão sendo estudadas nas mais diversas áreas. Não há quem não tenha sido afetado pela Covid 19, e a ideia de repensar vidas e comportamentos é uma imposição dos fatos em todas as geografias. É decepcionante que as desigualdades do mundo, que se refletem na falta de recursos em políticas de enfrentamento da doença, ainda sejam uma realidade. Mas no todo, nunca faltou esperança, e com fundamentação científica. Claro que seria mais fácil se as autoridades mundo afora enfrentassem o mal de forma objetiva, sem desvios de recursos ou de metas a alcançar.

Desde as últimas pandemias, o mundo evoluiu um bocado. Crenças religiosas, comportamentos bizarros e negação da importância do mal perderam importância e foram ultrapassados pela pesquisa e condutas cientificamente embasadas. Etapas foram vencidas no mundo das vacinas, enquanto medicação efetiva antiviral é buscada com insistência em diferentes centros. E grandes evoluções ocorreram nas unidades de tratamento intensivo dos hospitais, com progressos que ficarão para a humanidade, muito além da atual pandemia. Órgãos de nossos corpos foram substituídos por aparelhos, em períodos cada vez mais longos. A medicina impôs-se como ciência e arte num século de desafios.

A vontade de voltar a interagir com outros, a prática de esportes coletivos, a volta às aulas nas escolas e a presença em espetáculos são festejadas a cada melhora estatística na pandemia, embora continuem os temores. Viramos mascarados, medidores de distâncias a impedir abraços, mas o fazemos dentro de um conjunto de normas coletivas e elogiáveis.

Nesse vai e vem de conquistas provisórias, poucas significam tanto para nós e para a cidade de Porto Alegre quanto a volta da Feira do Livro, com a presença de público a ziguezaguear à sombra de jacarandás floridos. Nela, tive o prazer de lançar livro de memórias que vinha sendo escrito aos poucos, e que foi finalizado no período de proibições. Aliás, seria de prever que a valorização do passado ganhasse terreno e ocupasse muitos escritores com memorialismo, até para demarcar momentos, já que o mundo não será o mesmo após o surto pandêmico.

> O tempo, após o controle da pandemia, servirá para reafirmar o livro como ferramenta de diferenciação entre jovens, nas mais variadas e atualizadas atividades profissionais.

O estado atual de desenvolvimento tecnológico nas comunicações permitiu que as pessoas desempenhassem suas atividades profissionais em casa, sem comparecimento aos locais habituais de trabalho. Isso alterou comportamentos e exigiu adaptações que até ajudam a buscar livros em estantes e a buscar âncoras no comportamento de pais e avós num mundo diferente, em que as facilidades do dia a dia eram bem menores que as atuais.

Tenho a sensação, como leitor de livros de papel e tinta, que ganhamos muitos companheiros no hábito de folhear páginas e compartilhá-las com escaninhos de nossa memória cada vez mais estudados e conhecidos em nossos cérebros. Tenho defendido que isso ocorre até pela busca de parâmetros clássicos em cada atividade e que foram plasmados em muitas páginas, que se vão amarelecendo, mas teimam em não desaparecer, ainda que, às vezes, empoeiradas em estantes pouco visitadas.

O tempo, após o controle da pandemia, servirá para reafirmar o livro como ferramenta de diferenciação entre jovens, nas mais variadas e atualizadas atividades profissionais. Os melhores serão os bons leitores. A sensação tátil das folhas sendo buscadas e achadas, maneiras individuais de marcar a evolução da leitura, a presença física no espaço, a possibilidade de uso em locais não penetrados pelas redes de energia e de comunicação, tudo isso continuará sendo verdadeiro quando se fala de livros. E há ideia de pertencimento, que há séculos acompanha o livro e seus donos. Quantos leitores não gostariam que amigos distraídos devolvessem livros emprestados? Talvez eu tenha evoluído pouco do ponto de vista tecnológico, mas acho que um bom livro continuará com valor inestimável.

SulRural n.º 459 – dezembro/2021

49
A última mensagem do poeta

Sempre há ganhos e perdas ante situações inusitadas. A atual pandemia da Covid-19 deu oportunidade a que hospitais e unidades de tratamento intensivo (UTIs) crescessem com significativo aumento de leitos e de recursos tecnológicos para tratamento de doentes em estado grave. Conviver com a ideia de ocupar tais acomodações passou a ser algo presente em nossos planos, bem mais do que antes da pandemia.

A noção de que poucos seriam os escolhidos para ocuparem disputadas vagas passou a ser menos incômoda. A pandemia aumentou a credibilidade de unidades pouco lembradas e muito temidas de nossos hospitais. Certamente, fatos e histórias lá ocorridos passaram a ser mais conhecidos e divulgados. Tal estado de espírito estimulou-me a recuperar crônica iniciada no século passado e que ficaria condenada ao limbo eterno da gaveta não fossem a pandemia e o surgimento do livro *As noivas fantasmas e outros casos*, de Sergio Faraco.

O Bisturi, jornal publicado no Hospital Moinhos de Vento, em edição de 1994, registrou através do relato de uma enfermeira aquelas que teriam sido as últimas palavras do querido Mário Quintana. Li e reli, com a intenção de tornar mais conhecida tal manifestação. Mas antes tive oportunidade de conversar com Sergio Faraco, que, além de grande contista costuma, assistir escritores amigos em condições desfavoráveis. Sabia-se que ele acompanhara em tempo integral os últimos momentos de seu amigo, também cria do Alegrete.

> Ele preferira, como em tantas outras ocasiões, através de uma vida inteira, embarcar na busca de quimeras, sobrepor-se à realidade, com doses não calculadas de fantasia.

Faraco desconhecia a versão da enfermeira e eu optei por desistir da crônica sobre o assunto, pois não estava suficientemente convencido de que a versão divulgada correspondia ao ocorrido. Agora, Sergio Faraco, em livro premiado na recente Feira do Livro de Porto Alegre, volta a falar sobre os últimos momentos de Mário Quintana e que ele deixara de acompanhar tão de perto quanto gostaria. Tal informação levou-me a reavivar o assunto, até pela curiosidade que sempre despertaram palavras e atitudes do grande poeta.

Quintana, entubado, respirava com auxílio de aparelhos. Estava sedado, mas não inconsciente, e usava a escrita para responder a perguntas. Escrevia com letras irregulares sobre folhas presas em pranchetas. Movimentos pouco coordenados, posição inadequada, um conjunto de limitações tornava difícil a resposta do poeta. Mas ela seria muito importante e analisada com todo cuidado pelo pessoal da UTI. O normal é que as respostas fossem lacônicas e objetivas, e orientassem condutas e medicamentos para aliviar sofrimentos.

Assim pensando, a enfermeira perguntara se o poeta estava sentindo dor. E a resposta estimulou garranchos mal ordenados, mas que estavam muito longe do sim ou não das UTIs. A ordenação de palavras alinhadas não deixava dúvidas quanto à existência de uma mensagem. A curiosidade dos presentes aumentou e surgiram sorrisos nos rostos tensos quando a frase foi lida e entendida no seu todo.

Minutos depois, o coração do poeta deixou de bater, cessados os esforços para mantê-lo vivo. Na verdade, recursos artificiais de tratamentos intensivos tinham propiciado a Mário Quintana uma última mensagem. E até lhe tinham permitido observar descontração e risos pelo inusitado da resposta que dera, pois conseguira abster-se de justificáveis queixas, previsíveis e esperadas em final de vida sofrido.

Ele preferira, como em tantas outras ocasiões, através de uma vida inteira, embarcar na busca de quimeras, sobrepor-se à realidade, com doses não calculadas de fantasia. Conseguira encontrar musas num local em que os sofrimentos costumam ditar comportamentos, firmar condutas, sempre objetivas e de acatamento lógico.

Mas, afinal, qual fora a resposta do poeta à pergunta óbvia e direta da enfermeira da UTI? Lá estava ela, bem clara, apesar da escrita irregular em folha anexada à prancheta: "A maior dor do mundo é a do pente com dor de dente".

SulRural n.º 460 – janeiro/2022

50

Pecados veniais e impunidade

Em tempos de estudar catecismo no colégio, aprendi a separar os pecados em veniais e mortais. Enquanto os últimos condenavam os pecadores até à danação eterna, os primeiros, os veniais, eram tratados de maneira indulgente. O ano de 2022 será de grande importância para os brasileiros e suas instituições. Nele, haverá eleições que se prenunciam de resultado indefinido e se constituem em desafio considerável e intransferível.

Confesso que vivi tempos de acreditar num Brasil maior, mais igualitário, no qual a impunidade estaria sendo combatida com eficiência. Falo dos tempos da Lava-Jato. Entusiasmava ver poderosos presos e dinheiro de maracutaias sendo devolvidos aos cofres da nação. Houve uma presidente destituída, e outro condenado em duas instâncias da Justiça, e que foi preso. Havia o sentimento de seriedade, e eu sentia que governos responsáveis pela decadência de instituições, como os Correios ou a Petrobras, estavam recebendo o merecido castigo. Grandes empresas privilegiadas pelo partido governante, enriquecido com recompensas no Brasil e no exterior, eram punidas.

Mas durou pouco o tempo de bons propósitos. Logo voltaram os conchavos políticos e a insatisfação diante de punições que poderiam atingir políticos e cidadãos de qualquer partido ou orientação política, desde que houvessem cometido crimes. Era preciso reagir ante a onda assustadora de moralização, e a reação veio forte e com participação de todos os poderes, sobretudo do Judiciário.

O Supremo Tribunal Federal, sem medo de instalar a instabilidade jurídica no país, sem análise dos crimes cometidos, libertou Lula da prisão e o habilitou até para voltar a ser presidente, se o povo assim decidisse. Diante da conduta dos juízes do Supremo Tribunal Federal, os pecados dos poderes Legislativo e Executivo passaram a ser veniais, ainda que presentes. Duas condenações e a prisão de um ex-presidente viraram letra morta, para satisfação e festejos de maus políticos de todos os matizes. Voltou a imperar a política do "toma lá, dá cá".

> Entusiasmava ver poderosos presos e dinheiro de maracutaias sendo devolvidos aos cofres da nação. Houve uma presidente destituída, e outro condenado em duas instâncias da Justiça, e que foi preso.

A segunda década do século XXI está sendo abalada por um vírus que atinge o mundo inteiro, desafiando nações e governos. O desenvolvimento científico atingido pela humanidade faz a diferença na maneira de encarar a pandemia.

No passado, diante das pragas, pouco havia a fazer, além de rezar e enterrar os mortos. No título da crônica, ao falar de pecados e classificá-los, rememoro pandemias em plena Idade Média. A doença era atribuída a castigo divino e como tal era tratada. Felizmente, esse tempo passou, e o homem buscou na ciência a causa do mal, criando meios para prevenir e tratar as doenças infectocontagiosas. No momento, todo mundo sofre com as crises geradas pela pandemia. Mortes, interrupção de atividades, aglomerações e contágio, tudo é analisado, e há, sobretudo na imprensa, a ânsia de apontar culpados, condenar governantes, tanto por agirem quanto por deixarem de fazê-lo. Para sorte dos brasileiros, os erros do governo têm sido mais no discurso do que na ação. Afinal, a vacinação no país tem sido exemplar, os doentes graves têm UTIs para os acolher, sem poupar os necessários recursos, e o governo tem assistido os mais necessitados de várias maneiras, incluindo medidas a médio e longo prazos.

Como qualquer brasileiro, embora dispensado de votar, não desistirei de fazê-lo. Nas análises que tenho feito, nenhum pecado é maior do que o cometido pelos ministros do Supremo Tribunal Federal: permitir que um criminoso, condenado em duas instâncias, possa concorrer à presidência da república. A decisão do STF, com todos os requintes do *juridiquês*, repassou para os eleitores a decisão de não instabilizar juridicamente o país e de fazê-lo merecedor do crédito e da confiança das nações civilizadas do mundo. Ao eleitor, mais do que votar em alguém, é preciso que não vote em condenados por múltiplos crimes, em diferentes instâncias do Poder Judiciário. É preciso evitar, pelo voto, que se instale no Brasil, a instabilidade jurídica que o STF iniciou.

SulRural n.º 461 – fevereiro/2022

51

Amor, pássaros e lendas

Gostar de passarinhos e valorizá-los faz parte da natureza humana. Até porque o homem sempre quis voar e criou deuses e ícones que o fazem. Sem falar das crenças e religiões iniciadas na pré-história, cristãos sentem-se mais confortáveis ao acreditar que anjos alados cuidam de suas vidas, e que uma pomba representa o Divino Espírito Santo. Pássaros frequentam o Velho e o Novo Testamento. Representações de aves e mitos estão em todas as culturas. Um Ícaro, um Leonardo Da Vinci, em diferentes épocas, deram asas ao homem. O desejo individual de voar apenas diminuiu com a evolução científica e tecnológica, que permitiu a milhares de pessoas encherem aviões e voar mundo afora, todo dia. Mas nossa admiração pelos pássaros permanece, e a existência de aves migratórias, por exemplo, instiga e desafia...

Hoje quero falar de pequeno pássaro, belíssimo, sobretudo o macho, e que é constante em todo o Estado por ocasião dos verões, iniciados na primavera. Não mede mais que 13 centímetros da ponta do bico ao fim da cauda. Peito, cabeça e ventre de um vermelho intenso, com a face dorsal e as asas acinzentadas. As fêmeas, bem como os machos imaturos, com diferentes tons de cinza, acentuam as diferenças e a invulgar beleza criada pela cor vermelha nos machos adultos. Ele é conhecido como Príncipe, Verão, Sangue de Boi e outros tantos apelidos que substituem a nobreza latina e explicativa de seu nome científico: *Pyrocephalus rubinus*.

> Ele é conhecido como Príncipe, Verão, Sangue de Boi e outros tantos apelidos que substituem a nobreza latina e explicativa de seu nome científico: *Pyrocephalus rubinus*.

O príncipe escolhe nossos campos para procriar, mas vive primavera e verão sem fim, na sua condição de ave migratória. É uma ave das Américas, e o tempo correspondente aos nossos outono e inverno, ele os vive no Cerrado ou mais além, podendo chegar à Venezuela e ao Caribe. E por onde passa é sempre admirado...

Graças a ele, a Festa de São João, no Nordeste brasileiro, é também conhecida como uma festa dele. E quantas lendas, com variações locais, destacam sua beleza, sua elegância, sua cor vermelha a evocar corações ardentes. Na verdade, bandos de príncipes do hemisfério norte podem compartilhar o Caribe com outros, da nossa América do Sul, sem se misturarem. E, ao final da temporada, voltam para os Estados Unidos, Canadá, ou para os campos da nossa América Meridional.

Talvez seja um exagero egocêntrico, mas imagino ser o mesmo passarinho, aquele que me recebe sentado na cerca da mangueira da Salamanca, quase sempre no mesmo lugar, dando pequenos voos com retornos precisos, observado por sua fêmea e por outros pássaros em nossos verões que eles tanto alegram.

Há muitas lendas, sobretudo no Nordeste brasileiro, e que relacionam o príncipe com o amor de jovem cacique por indígena de tribo inimiga. Até acidentes geográficos teriam seus nomes relacionados a esse amor impossível e que termina com o índio encurralado, arrancando do peito o próprio coração e o jogando aos ventos, transformado em pássaro.

Nem Johan Dalgas Frisch, filho brasileiro do imigrante dinamarquês Svent, ficou indene às lendas. Seu pai dedicou sua vida a conhecer e pintar pássaros brasileiros. Tal paixão passou para o filho Johan e para o neto Christian, que têm fotografado e gravado cantos de pássaros em todo o Brasil.

Até pelo muito que valorizo nossa história, termino transcrevendo informe de Dalgas em um de seus célebres livros, e que localiza a lenda no Rio Grande, em tempos de Guerra Guaranítica: "Encurralado entre um rio e uma montanha intransponível, um grupo de índios guaranis defendia-se bravamente. Uns se jogavam no rio, outros morriam na luta. E um jovem cacique muito ferido, para não cair nas mãos inimigas, rasgou profundamente o próprio peito e de lá arrancou o coração sangrando, que se transformou em ave, chamada Príncipe Vermelho do Verão".

Confesso minha preferência pessoal pela motivação romântica do amor impossível entre jovens indígenas, mas acho que uma referência histórica e regional feita por um expoente internacional da ornitologia tem de ser registrada.

SulRural n.º 462 – março/2022

52
Imagens da infância

Imagens sempre impressionaram os homens. Reproduzi-las e, com movimento, foi um desafio artístico e tecnológico só resolvido no último século. Ao passar dos oitenta anos de idade, constitui-se uma tarefa útil dar testemunho sobre o que foi conseguido até agora. Lembro minha mãe a falar de imagens preservadas em fotografias obtidas no início do século passado, e que a impressionaram quando projetadas em lençóis brancos nas noites ligadas à Festa do Divino Espírito Santo, em plena Praça da Matriz da querida Porto Alegre.

De meus irmãos maiores, senti o entusiasmo experimentado ao assistirem a filmes mudos, sem som. Faziam-no em salas de espetáculos então presentes em muitas cidades do interior do Estado, e que mantinham pianista ou orquestras para complementar o espetáculo. Eles acompanharam a evolução do cinema e de alguns artistas, como Charles Chaplin, que iniciou no cinema mudo, brilhou em filmes sonoros e participou de ricas produções coloridas.

Imagens bonitas deixaram de impressionar apenas como obras artísticas acabadas e guardadas em museus, ou fugazes espetáculos teatrais. Eu mesmo assisti ao início da televisão em preto e branco, e sua evolução para imagens perfeitas e coloridas. Hoje, ainda não me habituei com a era digital. Por vezes, desisto de conversar com filhos e netos porque eles estão absortos no uso de pequenos aparelhos em que convivem com imagens de amigos à distância, participam de jogos eletrônicos, recebem e enviam mensagens instantâneas. Penso duas vezes antes de interrompê-los, até porque é muito difícil competir com aplicativos da última geração tecnológica em comunicação. Conversas em família, recordações, experiências de vida vão sendo deslocadas, perdem espaço e levam-me a deixar mensagens escritas...

Mas na onda de valorizar percepções, volto à Bagé dos anos cinquenta. Eu deixara de ser aluno interno do colégio dos padres, passando a morar na casa de irmãs já casadas e mães de família. Eu, Jacques e Zeca morávamos nas casas da Vera e da Magda, misturados a seus filhos mais velhos. As casas ficavam próximas, e nós participávamos, por exemplo, de renhidas peladas futebolísticas em pleno leito da Rua José Otávio. Não faltava atividade para a gurizada da vizinhança nem alguns vidros quebrados e reclamações de moradores.

> Gritar, assoviar e bater com os pés no assoalho era a regra. Por vezes, o barulho era tanto, que as luzes eram acesas e a projeção interrompida por alguns minutos.

Viera para ser educado pela Vera um negrinho simpático, filho do capataz da Estância Santa Rita, do segundo distrito do Município de Lavras do Sul, e que logo passou a integrar a turma. Era o Nestor, com suas risadas inconfundíveis e que incluíam os olhos, sempre ocupado em ajuntar letras e fazer contas numa alfabetização tardia.

Era companheiro para tudo, incluindo sessões de cinema nas tardes de domingo no Cine-Teatro Glória. A programação incluía filmes de faroeste: um na sua íntegra e outro como episódio de seriado. Tudo era festa, que iniciava com a chegada bem antes da sessão para trocar *gibis*, revistinhas em quadrinhos muito populares e que passavam por muitas mãos, até desaparecerem como papel velho. A trilha sonora, sempre em inglês, sofria a competição de torcida mobilizada pelo *mocinho*, o habitual vencedor. Gritar, assoviar e bater com os pés no assoalho era a regra. Por vezes, o barulho era tanto, que as luzes eram acesas e a projeção interrompida por alguns minutos.

Desde então, passei a desconfiar que filmes, livros ou pinturas dão margem a diferentes interpretações, e que essas nem sempre têm alguma coisa a ver com a intenção dos autores ao criá-las. Para chegar a essa conclusão, cooperaram frases como a do Nestor quando uma diligência com bandidos, em alta velocidade, tombou espetacularmente em mais um filme de faroeste. Pois o Nestor, que nada sabia de inglês, disse ter ouvido muito bem o que falou o cavaleiro bem montado e que estava ao lado do mocinho: "Tá de pata pra riba". Por certo, como capataz de alguma estância no céu, o Nestor cairá na risada, como só ele sabia fazer, e perdoará inconfidências amigas...

SulRural n.º 463 – abril/2022

53

O grande nome dos 250 anos

Não é todo dia que há uma cidade como Porto Alegre festejando duzentos e cinquenta anos de sua fundação. E não resisto à tentação de voltar a examinar fatos e circunstâncias da vida do seu fundador, o militar português Manuel Jorge Gomes de Sepúlveda, conhecido no Brasil como José Marcelino de Figueiredo. Ele foi um cativante e jovem capitão do exército português na Guerra dos Sete Anos (1756-1763), conhecida como uma prévia das chamadas guerras mundiais do século XX. Afinal, houve luta na Europa e nas colônias dos países europeus mundo afora.

Para saber da importância dessa guerra, basta lembrar algumas das alterações que determinou: O Canadá passou a ser apenas inglês, a custas da França, que também perdeu a Louisiana e terras no Caribe. E deixaram de ser espanholas áreas do México, da Flórida e de outras paragens das Américas. Durante a guerra, dois terços do atual Rio Grande do Sul e a Colônia do Sacramento passaram a ser espanhóis. E, ao final, somente a Colônia foi devolvida.

A Inglaterra foi uma das grandes vencedoras, e reformulou o exército de seu aliado Portugal. Numa atmosfera de troca de gentilezas, o comandante tenente-coronel John Gordon recebia companheiros de armas para jantar em sua casa, na cidade de Faro, quando lá se desavieram os majores Manoel Sepúlveda e John Mac'Donnel. E o oficial inglês foi morto pelo português.

Em que pesem os depoimentos favoráveis dos presentes, Sepúlveda foi, de início, condenado à morte. Refugiado na Espanha, ele se

> Em pouco tempo, construiu o primeiro palácio para sede do governo, a primeira igreja matriz, a casa da ópera, a primeira escola, pontes e primitivo estaleiro para atender a necessidades na paz e na guerra.

dizia disposto a continuar lutando por sua pátria e por seu rei e, secretamente, Pombal mandou-o para o Brasil, com o nome de José Marcelino e com vencimentos de coronel.

Não foi pouco o que José Marcelino de Figueiredo fez em seus quatorze anos de permanência no Brasil. Eram tempos difíceis em que dois terços do atual Rio Grande estavam sob domínio espanhol desde 1763. E foi para a área de crise que ele foi enviado. Aí passou a maior parte do tempo como governador, em dois períodos, separados por um intervalo de permanência no Rio de Janeiro, por discordar do vice-rei Marquês do Lavradio.

Foi brilhante tanto no comando militar quanto na administração e no preparo da expulsão dos espanhóis. Logo de chegada, José Marcelino convenceu-se da importância estratégica e da beleza do Porto dos Casais. E tudo fez para transformá-lo em capital do antigo Continente de São Pedro. Houve até prisão dos membros da "Câmara do Senado", que funcionava em Viamão após a tomada de Rio Grande pelos espanhóis, para que decidissem mudar-se para a nova capital.

Nem vila era a Freguesia do Porto dos Casais quando mudou de nome e passou a capital das terras portuguesas do sul do Brasil. Até o padroeiro da povoação foi trocado por José Marcelino: passou de São Francisco para Nossa Senhora Mãe de Deus. Em pouco tempo, construiu o primeiro palácio para sede do governo, a primeira igreja matriz, a casa da ópera, a primeira escola, pontes e primitivo estaleiro para atender a necessidades na paz e na guerra. O engenheiro militar Inácio Montanha foi encarregado de planejar a capital e de mapeá-la.

Os cuidados com Porto Alegre complementavam medidas administrativas para toda a capitania, sem descuidar da assistência aos milhares de soldados que, comandados pelo tenente-general Böhm, expulsaram os espanhóis da capitania em 1776. Enérgico na guerra e na paz, ele se indispôs com muita gente, incluindo Rafael Pinto Bandeira, primeiro rio-grandense a atingir o cargo de brigadeiro e a governar a capitania, e que foi inocentado por ação direta da rainha Da. Maria I.

Descontente, José Marcelino deixou o Rio Grande, que governou até 1780. Casou no Rio de Janeiro e voltou para Portugal. Lá, voltou a ser Manuel Jorge de Sepúlveda, foi admitido como nobre, governou sua cidade natal e foi decisivo na campanha para expulsar de Portugal as forças napoleônicas. Sem dúvida, Porto Alegre teve um ilustre fundador...

SulRural n.º 464 – maio/2022

54
Queimadas de campo

Queimar campo era uma atividade habitual nas estâncias, sobretudo no mês de agosto. Acabar com macegas e pastagem seca, facilitar a brotação de pasto novo era a intenção dos fazendeiros. Lembro meu pai admirado quando eu, bem guri, usei tiras de câmaras de pneus velhos para incendiar banhados. Bastava acender fogo numa das pontas e puxar a tira, enquanto caminhava banhado adentro, numa ânsia de incendiário juvenil. Ficou mais a saudade do que arrependimentos desses tempos. E estações de rádio, no intervalo entre tangos, informavam sobre uma Buenos Aires enfumaçada por conta da queima de campos...

Felizmente, o homem e o mundo evoluíram. O conhecimento científico em todos os setores e a preocupação com a saúde do meio ambiente, até como necessidade de preservação de um planeta habitável, ganharam toda força e impuseram mudanças de comportamento. Ciência e tecnologia de ponta propiciaram a mecanização das lavouras e facilitaram o melhoramento das pastagens nativas. O trator, com muitos complementos, passou a ser usado para roçar campo e para melhorar as terras disponíveis.

Correção e adubação de solo, semeadura de gramíneas e leguminosas de inverno, tudo interessa aos empreendedores rurais de hoje, conscientes da valorização da natureza e das orientações técnicas especializadas. Cuidar do banco de sementes, combater a erosão e usar o mínimo de defensivos agrícolas passou a ser saudável preocupação de agricultores e de pecuaristas. A valorização da *palhada* pelos lavoureiros, no aguardo da semeadura da soja e após engordar animais nas pastagens de inverno, por exemplo, está tão alinhada no combate às queimadas quanto os cuidados dos pecuaristas para bem aproveitar seus pastos nativos.

> Ciência e tecnologia de ponta propiciaram a mecanização das lavouras e facilitaram o melhoramento das pastagens nativas.

Vencer o imobilismo decorrente da pandemia e a vontade de conhecer, com amigos, novas paragens no Rio Grande, levaram-me a visitar São Francisco de Paula. Confesso que, além dos campos e da tradição serrana, eu me realizei ao visitar em pleno São Chico uma livraria (Miragem) capaz de se enquadrar com naturalidade em qualquer metrópole. Como amigo dos livros, senti-me orgulhoso e feliz.

Mas foi lá, nas conversas de livraria, que constatei o quanto persiste na região a cultura das queimadas. Sem querer polemizar, voltei a trabalhos científicos clássicos como o de Aino Ávila Jacques e colaboradores, realizados em campos de cima da serra. Nele, campos submetidos a queimadas bienais, havia mais de cem anos, foram comparados com outros de diferentes manejos. Algumas coisas ficaram evidentes, como o indesejável aumento dos teores de alumínio, a diminuição da quantidade de magnésio e de cálcio e o agravamento da acidez nas camadas superficiais do solo das áreas de queimada. Além de propiciar uma seleção de espécies indesejáveis e oportunistas, o fogo facilitaria a compactação do solo.

Sabe-se que os proprietários de campos de cima da serra são os que mais resistem ao abandono da prática, mas há dados científicos que as desaconselham, bem como priorizam outras práticas para melhorar a criação extensiva de gado em todo o Rio Grande. Tradição ajuda, mas tem de ser encarada com seus prós e contras num mundo ansioso por desenvolvimento sustentável e de respeito ao meio ambiente.

O tema me agrada e tem sido discutido em encontros do CITE-27 ou da Alianza del Pastizal, de que participo. Mas se tudo o que já disse não for suficiente para combater as queimadas, eu perguntaria como amante dos pássaros: como ficam aqueles que vivem e fazem seus ninhos nos descampados, nos banhados, em campo aberto, longe das árvores?

Numa atmosfera de otimismo cultivado, de sobrevivente poupado da pandemia e de planejador de viagens, já sonho com voos maiores. Que tal iniciar com um reencontro? Afinal, seria muito bom encontrar uma Buenos Aires não enfumaçada pela ação dos ventos e das queimadas de campo em pleno bioma pampa. E no mês de agosto...

SulRural n.º 465 – junho/2022

55

Cogumelos de outono

Dos tempos de infância restaram o aparecimento rápido e a frágil beleza, que nada tinham a ver com o nome chapéu de cobra, apelido que desaconselhava intimidades. Ainda no colégio aprendemos sobre cogumelos, sua estrutura simples, seus tamanhos bem variados. Como causadores de doenças, envenenamentos e efeitos psicotrópicos, continuavam respeitados e eventualmente combatidos. Na cozinha dos primeiros gaúchos, da afirmação do churrasco, do arroz carreteiro e do mate, não havia lugar para eles. E todos se admiravam quando viagens e livros destacavam seu valor na culinária através do mundo.

Tornei-me um consumidor de cogumelos por influência direta de minha sogra. Dona Regina, uma inovadora, feminista à sua maneira, preparada para competir num mercado de trabalho machista em plena primeira metade do século passado. Curiosa e perfeccionista na cozinha, ela absorveu a experiência de amigos italianos encantados com os existentes em nossos campos, e que os cozinhavam e consumiam com avidez.

Ela e o doutor Emílio compartilhavam com os Piccini o entusiasmo pelo aproveitamento da iguaria e passaram a valorizar os chapéus de cobra, que, sem serem utilizados, envelheciam ou eram pisoteados pelo gado, sobretudo nas proximidades de rodeios ou de paradouros.

Mas a motivação para esta crônica é a atual escassez de cogumelos comestíveis nos campos da Salamanca. Parece-me que tudo é motivado pela última seca, que tantas coisas alterou em nosso meio.

> São bons o suficiente para serem aguardados, como nativos, reaparecendo em próximos outonos, sem que se busquem substituições apressadas e estranhas ao meio.

A verdade é que passei a colher pouquíssimos cogumelos neste outono, para desapontamento meu e da minha mulher, acostumada a limpá-los e prepará-los com satisfação crescente, sobretudo quando os comparava com os comprados em supermercado. Apenas cogumelos pequenos e escuros, acinzentados no seu interior e que nascem nas bordas de estercos, estão presentes em bom número. Mas estes não são comestíveis.

Na verdade, habituei-me a sair para o campo levando enxada e sacos plásticos, no outono. O capim Annoni, de raízes profundas e resistentes a secas, segue desafiando minha enxada, e suas sementes enchem sacos plásticos, de onde saem para serem queimadas. Saco ou cesto para carregar cogumelos, só para o ano que vem...

Ao escolher um título para esta crônica, quis homenagear um escritor pouco lembrado de nossos pagos, Gladstone Mársico, que tão bem tratou das perplexidades de descendentes de alemães e italianos diante da Segunda Grande Guerra. Um dos livros que ele deixou foi *Cogumelos de outono*, metáfora sobre a não aceitação de gostos e ideias de outras terras. Com fina ironia e estilo moderno, Gladstone se divertia e nos mantinha reféns por mais de quinhentas páginas de encantamento.

Toneladas de tinta e papel têm sido gastos na avaliação das consequências da última seca. Governos em todos os níveis tentam diminuir sua repercussão, sobretudo entre os mais necessitados. Empréstimos e auxílios congestionam órgãos governamentais, entidades ligadas à produção e agências bancárias. Tudo é verdade e justificável, mas nada me proíbe de falar em cogumelos. Conquistado pelos chapéus de cobra, desde o estrogonofe até deliciosos molhos e pratos consumidos em todo o mundo, tenho a certeza da excelência dos nascidos em nossos campos. São bons o suficiente para serem aguardados, como nativos, reaparecendo em próximos outonos, sem que se busquem substituições apressadas e estranhas ao meio.

Características próprias e naturais de flora e fauna têm de ser respeitados também no pampa. Se alguma substituição for buscada, que o seja com conhecimento técnico e sem contrariar ou agredir o meio ambiente. No momento atual, entretanto, existem muitas matérias importantes para consultorias, tanto na agricultura quanto na pecuária. Elas movem peças na alimentação do mundo e vão muito além da sentida e registrada falta dos cogumelos de outono.

SulRural n.º 466 – julho/2022

56

Saudade do Pinheirão

O que não tem faltado é pesquisa e aplicação de conhecimentos no embasamento da agropecuária gaúcha. Felizmente, coisas como o culto das tradições não tem atrapalhado o progresso e a prática de tecnologias avançadas. Como parte de geração que assistiu e participou de muitas mudanças, busco mostrá-las e, de certa maneira, justificar um benfazejo otimismo na evolução do homem e da humanidade.

Ainda na infância, convivi com velhos gaúchos que relatavam experiências estranhas, como a de fazer o gado galopar coxilhas acima para suar e, dessa forma, combater a infestação de carrapatos. Os animais de sobreano eram magros, fracos, com pelagem fosca e sem brilho. Isso tudo decorreria da troca de dentes.

Tais costumes e crenças só mudaram ou desapareceram com esforços e conhecimentos de pioneiros como Alfredo Pinheiro, com quem convivi desde os bancos escolares. Convencido de que o mau estado dos animais jovens se devia a infestações parasitárias, à verminose, ele trabalhou duro para comprovar sua tese. Colhia material para exames, debruçava-se sobre microscópios e ia, com seu jeito despretensioso, conquistando a confiança dos criadores ao longo do tempo. E eles passaram a conviver com animais sadios, férteis, engordados.

Com sua simplicidade, Pinheiro tornou-se referência como pesquisador da Embrapa, com mais de cem trabalhos publicados, sem jamais deixar de se apresentar como produtor rural e presidir ou ocupar cargos em entidades representativas de produtores. Sua morte representa uma grande perda, mas seria até um desrespeito querê-lo vivo e ativo por mais tempo, tais foram suas colaborações, reconhecidas por honrarias como a Comenda Assis Brasil.

Mas a saudade aumenta mesmo é quando o recordo como amigo de muitos anos. Fomos colegas de Colégio Auxiliadora por longo tempo e, depois, prosseguimos morando e vivendo realidades muito próximas como estudantes da UFRGS.

> Após o jogo, Pinheirão fez seu comentário, que passaria como rotineiro não fosse uma alteração na grafia do nome de um guri de dezesseis anos e que Alfredo chamou de Pilé, com *i*.

Ele foi um respeitável zagueiro nos tempos de Auxiliadora, e o apelido título desta crônica tem tudo a ver com essas vivências. Não foram poucas as vitórias obtidas no *areião* do pátio do colégio. Em Porto Alegre, enfrentamos juntos a Pensão Fronteira, a Praça do Portão, os bondes, os bailes na reitoria e tudo mais que havia nos anos sessenta. Poucos eram tão decididos quanto ele ao perseguir ideais que pareciam inatingíveis.

Nos últimos tempos, nossos encontros eram festivais de lembranças irrelevantes, bobas, sem consequências, mas que nos levavam a chorar de tanto rir. Uma delas, que já divulguei em algumas ocasiões, prende-se à apresentação do famoso time do Santos contra um combinado Ba-Gua, no estádio da Pedra Moura, em março de 1957. O Santos fazia longa excursão pelo sul do Brasil, e Bagé foi incluída graças aos esforços de um time amador da cidade, o Atlético, e à União Bageense de Estudantes Secundários (UBES), de cuja diretoria eu fazia parte. Os jogadores do Bagé e do Guarani interromperam suas férias e o jogo saiu. Houve empate em 1X1 e uma festa inesquecível.

Na época, os estudantes tinham um programa de auditório na Rádio Cultura, dos tempos do seu Heraldo Duarte. As atrações eram muitas, e Alfredo Pinheiro era o responsável pelo noticiário esportivo do programa. Após o jogo, Pinheirão fez seu comentário, que passaria como rotineiro não fosse uma alteração na grafia do nome de um guri de dezesseis anos e que Alfredo chamou de Pilé, com *i*. Pelé substituiu Del Vecchio e jogou ao lado de Pagão. Foi dele o gol santista, que figura como sendo o quarto marcado por Pelé em sua carreira sem igual, com mais de mil gols marcados, como sabem os amantes do futebol em todo o mundo.

Mas até pela atenção que eu punha no programa, peguei no pé do comentarista, que elogiara a atuação do jovem jogador um ano antes de sua consagração como campeão mundial pelo Brasil na Copa do Mundo de 1958, na Suécia. A cada encontro, eu elogiava o comentarista que conseguira trocar o nome do Pelé. As risadas não cessaram...

SulRural n.º 467 – agosto/2022

57

Mares do sul

Num tempo de menos viagens, eu já era taludo quando conheci o mar. Estudava em Bagé e conheci Rio Grande em viagem cultural do colégio, no final do curso secundário. Depois, ao longo da vida, até fui dono de um sobradinho para veraneio em Capão Novo. Comparar o nosso mar com os de outras geografias pode até divertir, mas leva a algumas conclusões óbvias: o nosso, o oceano dos gaúchos, tem litoral retilíneo, sem enseadas. Ele apresenta baixios, sofre com fortes ventos, e sua água costuma ser fria e pouco transparente. Essas características, entretanto, estão longe de diminuir o gosto dos gaúchos pelas suas praias. Poucos são tão ávidos por férias quanto nós, sempre no verão e à beira-mar. E perto de casa, para facilitar o uso também em fins de semana. Empreendimentos nunca faltaram numa história de lutas desde a fundação do Presídio de Jesus, Maria, José; povoação-fortaleza que iniciou a fixação dos portugueses no Continente de São Pedro.

Nosso litoral, em função dos muitos naufrágios, passou a ser conhecido como cemitério de navios e era evitado pelas embarcações, sobretudo as que buscavam os portos de Montevidéu e Buenos Aires. Surgiram até delinquentes na orla marítima, que assaltavam, roubavam cargas e matavam sobreviventes de naufrágios. Tal ação alimentou crise internacional com a Inglaterra, conhecida como Questão Christie, que antecedeu a Guerra do Paraguai. A tentativa de ter um novo porto de mar, além do de Rio Grande, não foi adiante.

> A saudável vida à beira-mar poderá transformar veranistas em moradores, num mundo cada vez mais ocupado por gente da chamada terceira idade.

Múltiplas providências para instalar o Porto de Torres transformaram-se num festival de corrupção de maus políticos, na chamada República Velha. Assim, um mar pouco beneficiado pela beleza natural também deixara de despertar apenas as boas práticas e o convívio harmonioso entre os homens...

Mas os tempos mudaram, o turismo criou estrutura e surgiram estradas modernas, as autopistas. E se olharmos não para o mar, mas para o continente, ficamos extasiados diante de um conjunto de lagoas e de canais espetacular, que se constitui numa das grandes reservas de água doce do mundo, bem como num dos maiores pontos de apoio à migração de aves.

Acredito que aos mares do sul estejam reservados tempos diferentes e melhores no século XXI. De repente, ao invés de fazer coro aos que passam a vida lamentando o *nordestão* ou o *chocolatão*, passariam os gaúchos a desenvolver projetos que já deram certo em outras partes do mundo.

A energia eólica, que tem sido cantada como fonte limpa de energia, tem tudo para dar certo num litoral com mar pouco profundo e submetido a ventos fortes e constantes, que tanto atrapalham a navegação e o aproveitamento turístico. Sonhar com energia eólica e com a geração de hidrogênio verde para gastar e para exportar não parece ideia absurda, e poderá ser uma colaboração decisiva na busca de um planeta menos poluído, mais ecológico. E, não por acaso, voltou a ser considerada a existência de um segundo porto marítimo no Estado.

O aumento constante das exportações, sobretudo pela pujança de nossa agropecuária, leva o Estado a buscar a construção de um novo porto marítimo em Arroio do Sal. Mas não terminam por aí os sonhos litorâneos realizáveis em futuro próximo. A planura do terreno, associada às vantagens de viver junto ao mar, estimularão transporte sobre trilhos, moderno, rápido, seguro e de consumo popular. A saudável vida à beira-mar poderá transformar veranistas em moradores, num mundo cada vez mais ocupado por gente da chamada terceira idade. Desempenho de atividades à distância, plenamente aprovado na presente pandemia, também aponta no sentido de crescimento das populações da orla atlântica.

Será muito otimismo sonhar com um melhor aproveitamento do nosso litoral? Talvez, mas agruras do passado não devem desestimular novos empreendimentos, capazes de melhorar a vida de futuras gerações gaúchas.

SulRural n.º 468 – setembro/2022

58
A corrida do ouro das Lavras

Faz algum tempo que busco evidenciar as importantes participações negra e açoriana nas Lavras e na minha gente. Quanto aos parentes, no livro *Octoginta*, afirmo que os Macedo chegaram da Ilha do Pico; e os Souza, da Ilha de São Jorge. Mas há muito mais a falar sobre tais participações na única cidade gaúcha surgida em função da exploração do ouro. Histórias conservadas através de gerações relatam a admiração de meu avô, Zeca Souza, por fato inusitado. Contava ele que ao soltar o boi entre os mineiros, em determinados dias, estes o pegavam à unha e o dominavam, em meio à festa e à gritaria. Ora, isso tem tudo a ver com tradição das ilhas e com festas, como a do Divino Espírito Santo, tão popular nas Lavras.

Também tenho destacado a importância açoriana e negra na origem do nosso gaúcho, acentuando diferenças deste em relação ao *gaucho* da América espanhola. Habituados a viver em família e respeitando princípios religiosos, ou recém-saídos da escravidão, os gaúchos de fala portuguesa seriam menos propensos a excessos, à violência e ao surgimento de caudilhos. Eram migrantes de ilhas populosas, acossados pela fome, e que vinham para a América em buscas de terras e trazendo suas famílias. Queriam trabalhar, produzir alimentos, sem ambição de enriquecimento em função da exploração de metais preciosos.

O descumprimento de promessas, feitas a eles ainda nos Açores, motivaram diferentes comportamentos. Alguns montaram a cavalo e entraram na exploração do gado, mas a condição de agricultor em territórios de ocupação provisória foi o habitual nas primeiras décadas, para eles e seus descendentes. Trabalhar como empregados na mineração do ouro era uma opção, tão importante quanto a de agregados de estancieiros que forneciam a alimentação para os mineiros, ou dos que se especializaram como carreteiros em função do suprimento das necessidades das minas.

> Muitas coisas aconteceram nas Lavras, mas sem a dramaticidade das corridas do ouro mundo afora.

Sobretudo nas atividades agrícolas, açorianos e seus descendentes constituíam grande parte dos atraídos pelas minas das companhias, uma belga e duas inglesas, que exploraram ouro na região. Tal tendência aumentava quando as mesmas propiciavam salário e assistência a funcionários e familiares. Isso ocorreu, por exemplo, quando foi contratado o médico João A. de Aragão Bulcão para prestar assistência aos empregados da mineradora. O mesmo acontecia com os escravos negros e seus descendentes, que constituíam um terço da população das Lavras por ocasião do ápice da exploração do ouro.

Sua importância crescera com as alforrias, sobretudo após a Guerra do Paraguai. Não por acaso surgira a Vila dos Corvos, pacífico e bem tolerado quilombo, apesar do nome ofensivo. Lá, como na própria vila e no Serro Formoso, com sua banda, era cultivada a música, algo importante para as muitas festas que alegravam as noites de lavrenses e dos recém-chegados de outras partes do mundo, atraídos pelo metal.

Conheci, na infância, mulatos de olhos claros e com nomes estrangeiros, como Chalmers ou Mayer, que logo virou Maia. Era natural, no início do século XX, encontrar engenheiros estrangeiros jogando tênis nas Lavras, e a bela Virgínia de Freitas passou a morar na Europa após casamento com engenheiro belga.

E nenhuma fonte informa mais sobre a época do ouro em Lavras do que as aquarelas de Herrmann Rudolf Wendroth, um *brümer* polêmico que morou em Lavras à procura de enriquecimento. Cenas de mineração, rancho em que morava, boi em cena agressiva, negra apresentada como musa, tudo se enche de vida e foi eternizado pela arte.

Muitas coisas aconteceram nas Lavras, mas sem a dramaticidade das corridas do ouro mundo afora. Defendo que isso ocorreu em função de haver empreendedores internacionais respeitáveis, assistindo a descendentes de açorianos ou de negros libertos, acostumados a muito trabalho e disciplina. Tais elementos permaneceram nas Lavras após a fase áurea e ajudam a transformá-la em baluarte da agropecuária sustentável e do agronegócio.

SulRural n.º 470 – novembro/2022

59
Referência inigualável

O primeiro contato foi por crônicas publicadas em jornais. Através delas, evoluí para a leitura de seus livros e para uma admiração que só aumentou com o convívio. Sérgio da Costa Franco passou a ser referência e a preencher espaços na minha vida de eterno aprendiz. Suas pesquisas históricas aprofundadas, seu estilo invulgar, a busca pela isenção na análise dos fatos fizeram-no imortal.

Seu desaparecimento físico, aguardado sobretudo por ele mesmo após os noventa anos, encerra um ciclo de realizações que se materializam por uma família bem criada e de inúmeros admiradores mundo afora. Recordo repetidas conversas com meu sogro sobre textos do Dr. Sérgio. Elas incluíam o livro biográfico sobre Júlio de Castilhos, que Dr. Emílio lia de sobrancelha erguida, na qualidade de libertador histórico.

Mas ninguém valorizava tanto a pessoa e a obra de Costa Franco quanto Carlos Reverbel, que a ele me apresentou. Graças aos dois, cheguei ao Instituto Histórico e Geográfico do Rio Grande do Sul (IHGRGS), e saudado por ele ao tomar posse. Desde então, nosso convívio passou a ser mais intenso. Conheci-o melhor, sem formalismos, e ríamos um bocado por conta de achados não escolhidos, mas existentes em crônicas isoladas ou em livros escritos por nós.

Assim, ao lembrar suas peripécias como promotor de justiça pelo interior do Estado, Dr. Sérgio recordava seu convívio, nem sempre

> Ao conviver com o Dr. Sérgio, ou ao ler seus textos, habituei-me com a excelência em matéria de informação.

fácil, com seu primeiro carro. Era um Prefect, geração pós-guerra, e que o serviu por muitos anos, carregando família e tralha pelas esburacadas ou embarradas estradas do nosso interior.

Não por acaso, ele apreciara meu relato sobre improvável colisão entre dois Prefect. Eles eram os únicos carros numa sinaleira, aguardando pelo sinal verde. Quando este veio, os carros se chocaram, pois o da frente engrenara marcha-ré ao invés de primeira marcha. Isso me divertiu em tempos angustiantes de exame vestibular para a Medicina. Mas o que ele mais gostara, era da cor que eu atribuíra ao carro do pós-guerra: *verdoso*.

Ao conviver com o Dr. Sérgio, ou ao ler seus textos, habituei-me com a excelência em matéria de informação. Os dados de que eu precisava sempre vinham, e com acréscimos de pesquisador incansável ou de observador atento do mundo que o cercava. Poucos conheciam tanto sobre a história do Rio Grande do Sul e de Porto Alegre. Sua busca incluiu domínio sobre o material deixado por visitantes ilustres da Província de São Pedro e que a descreveram em diferentes épocas de sua evolução. Suas pesquisas eram sempre exitosas, pois ele sabia o que procurar e onde fazê-lo.

Vínculos mais recentes com o Dr. Sérgio surgiram quando meu filho, Diogo, foi morar em Jaguarão. Apesar de ter permanecido pouco tempo em sua terra natal, ele mantinha laços muito estreitos com a cidade e seu passado. Não só escreveu livro sobre sua história, como foi participante assíduo das atividades do Instituto Histórico e Geográfico de Jaguarão.

Muitos e variados serão os motivos para homenagear Sérgio da Costa Franco, tanto pelo exercício da função pública quanto pela sua liderança intelectual e associativa. Mas foi como historiador que ele se tornou um expoente. Ao falar ou escrever sobre história, sempre foi honesto e generoso, mormente ao auxiliar e estimular novos estudiosos de um passado que tanto apreciava.

Homem de opiniões definidas, nem sempre era entendido por seus pares nas entidades de que participou ao longo de sua vida. Fiel aos amigos, sempre procurava separar o essencial do meramente circunstancial. Impossibilitado de deslocar-se com facilidade, adaptava-se às limitações sem deixar de ter ativa vida intelectual. Leitor, ouvinte atento, auxiliado pelos filhos, ele conseguia encantar amigos e parentes com atualizadas opiniões sobre os mais diversos assuntos.

O certo é que os amantes do Rio Grande Sul e de Porto Alegre continuarão a desfrutar da companhia amiga e generosa do Dr. Sérgio, por meio de suas obras, eternas, imorredouras.

SulRural n.º 471 – dezembro/2022

60
Desafios nas Lavras

Por uma série de circunstâncias e sempre buscando conhecer mais sobre as nossas realidades, tenho falado das riquezas do subsolo lavrense e da sua exploração, repleta de idas e vindas. E passo a entender posicionamentos de meu avô Zeca Souza, assumidos há mais de um século. Por ocasião da febre do ouro nas Lavras, ele, que até possuía terras com o metal, acreditava nas vantagens de trabalhar com coisas conhecidas. Preferia fornecer gado e produtos agrícolas, que eram bem pagos pelas mineradoras e seus empregados, além de diminuírem a necessidade de tropear seus bois até as charqueadas de Pelotas.

Tudo isso vem à baila quando são festejados os resultados do Universo Pecuária, evento recém-acontecido em Lavras do Sul, e que deverá repetir-se a cada ano, para satisfação da região e da agropecuária gaúcha. Prefeitura, Governo do Estado, Sindicato Rural, FARSUL, CITE 27, Alianza del Pastizal, escritórios rurais, casas bancárias, entidades de fomento e de ensino, empresas ligadas ao setor e produtores rurais das mais diversas procedências todos se uniram para desenvolver uma programação desafiante.

Tecnologias de ponta e que permitem mensurar a decantada produção de gás metano pelos bovinos convivem com outras capazes de medir com precisão as quantidades de carbono sequestradas pelo solo de nossos campos com pastagem nativa melhorada. Para que isso ocorra, há coisas como vinte satélites a girar e passar sobre o nosso Rio Grande, ou drones de uso corrente. Tornam-se conhecidas pesquisas que permitem uma aplicação prática da política de créditos de carbono.

Será normal, em futuro próximo, que indústrias necessariamente poluidoras comprem créditos, que deverão de alguma maneira ser repassados a entidades e a entes como os produtores rurais, desde que assegurem por meio de boas práticas, acréscimos anuais nas quantidades de carbono existentes no solo de suas propriedades. É o que desejam os que praticam uma agropecuária sustentável, com respeito ao meio ambiente e à biodiversidade.

> Em harmonia e com predominância de pequenos e médios produtores, há busca ininterrupta de qualidade no que é produzido e preocupação contínua com o respeito ao meio ambiente.

Talvez o leitor se chateie com a ideia de voltar a falar de Lavras e de antepassados, mas é falando da aldeia, bem conhecida, que melhor falamos do mundo e da humanidade. Zeca Souza, ao final de sua vida, comprou dos ingleses da Brazilian Goldfields Limited as terras em que se localizavam algumas das principais minas de ouro da região. E tais campos voltaram a ser usados para a criação de gado. Descendentes seus, entretanto, apostaram na mineração e nunca houve falta do metal. Mas, explorando ouro, eles mais perderam do que ganharam...

O município tem mais de 2.500 quilômetros quadrados de superfície, intensamente utilizados. Em harmonia e com predominância de pequenos e médios produtores, há busca ininterrupta de qualidade no que é produzido e preocupação contínua com o respeito ao meio ambiente.

Até como homenagem ao amigo Edilberto (Beto) Teixeira, lembro fatos que ele bem divulgava, tais como a proveitosa criação de gado no segundo distrito, como parte da Estância de São Miguel, por conta dos padres jesuítas e sob bandeira espanhola. Isso bem antes de o primeiro distrito explorar ouro num Rio Grande português. As terras dos dois distritos atuais do município são separadas pela porção lavrense da chamada Coxilha Grande, divisor de águas e caminho natural para o deslocamento de tropas. Tanto humanas como do exército ibérico na Guerra Guaranítica, quanto de animais, como as de bois subindo a serra para alimentar os índios das Missões. Cabe ressaltar curiosidades na porção lavrense da Coxilha Grande. Assim, há um ponto cujas nascentes originam arroios caudatários de três bacias: Uruguai, Jacuí e Camaquã.

Para encerrar, outra curiosidade: quando portugueses e espanhóis estabeleceram o chamado Tratado de Santo Ildefonso (1777), as terras do atual primeiro distrito seriam de Portugal, e as do segundo pertenceriam à Espanha.

SulRural n.º 472 – janeiro/2023

61
O drama das emas

Fazia parte da infância nas estâncias o convívio com as emas, erradamente chamadas de avestruzes. Não raro, alguns, como eu, conviviam com filhotes guachos, criados entre pátios, cozinhas e galpões. E não poucos pesadelos eram motivados pela habilidade das aves em engolir o que estivesse por perto. Logo surgia alguém falando de olhos humanos arrancados pelas gulosas aves e apavorando crianças. Afinal, elas já tinham dado sumiço a algumas bolinhas de gude... Também nenhum guri de campanha deixava de se admirar com o tamanho dos ovos das aves, que eram usados para enfeitar tanto ranchos quanto casas de patrão. Havia um ritual de preparo para guardar apenas a casca, sem gema e clara.

Bandos de *nhandus*, como as chamam nossos vizinhos castelhanos, coloriam nossas campereadas, sobretudo quando corriam ziguezagueando, fazendo gambetas com as asas abertas. Também despertavam sentimentos e a terna noção de que subestimavam seu tamanho e sua força. Passaram a ser citadas como exemplo de ingenuidade ao esconder a cabeça em pequenos buracos, e acreditarem estar seguras, longe de serem vistas por potenciais inimigos. Quando corriam assustadas apartavam-se, e muitos filhotes ficavam perdidos pelo campo e acabavam sendo recolhidos e criados por peões campeiros.

Viajar através do pampa tinha seus encantos; um deles era observar bandos de emas a conviver com o gado e desfrutar de pastagens que se perdiam no horizonte. Isso foi intensificado quando virou moda criar as aves e explorá-las comercialmente: forneceriam

> Também nenhum guri de campanha deixava de se admirar com o tamanho dos ovos das aves, que eram usados para enfeitar tanto ranchos quanto casas de patrão.

as penas a cada ano, teriam aumento vegetativo orientado e terminariam por fornecer uma carne bem especial. Passaram a ter importância comercial para alguns criadores, mas confesso que perderam um pouco da aura romântica que as cercava.

As emas tratadas a pão de ló para serem abatidas não tinham muito a ver com as aves de nossa infância e do nosso imaginário. Mas a importância econômica em sentido inverso e negativo teve muito mais significado, e desafiava comportamentos dos animais e dos agricultores. As aves passaram a ser um entrave para o incontrolável desenvolvimento da cultura da soja no Estado.

Minha memória vai bem longe e lembro a preocupação crescente de parente que se iniciava na plantação de soja. Isso foi lá pelos anos sessenta, e ele se queixava amargamente do especial apetite dos animaizinhos pelos pés de soja recém-nascidos. Contava que elas elegiam um rego e as iam devorando pé por pé. As plantinhas eram arrancadas com incrível facilidade e evidenciavam, sem erros, um inimigo considerável a ser combatido pelos plantadores de soja.

O parente era um entusiasta da conservação do meio ambiente, dos pássaros e de seu hábitat. Senti que se esforçava em testar soluções paliativas, conservadoras, mas confessava seu abatimento ante a capacidade das aves para transpor cercas e obstáculos quando eram atraídas pelas novas plantinhas.

Passado algum tempo, verifiquei a ausência de emas nos campos do parente, bem como nos de seus vizinhos. Confesso que não me considerei agressivo o suficiente para perguntar-lhe sobre o que acontecera com as emas. Respeito mútuo, ecologia desafiada, vontade de preservar valores impediram a pergunta.

Essas lembranças surgem a cada vez que atravesso a várzea histórica do Seival, antes tão cheia de emas, e não encontro uma só que refresque a memória e me autorize a mostrá-la para os netos. Mas a viagem segue, e nem nos campos em que meu pai invernava bois surge alguma ema, extraviada...

Tanto no Seival quanto nos campos da minha Salamanca há alterações de paisagem significativas e irreversíveis: lavouras de soja invadem invernadas. E as porteiras estão mais difíceis para abrir e fechar, não só por causa do passar dos anos, mas pelo seu tamanho, já que tem de permitir a passagem de tratores e implementos cada vez maiores e mais sofisticados. Há que conviver com o progresso e não esquecer a conhecida importância da produção de alimentos para o mundo, mas às vezes isso dói... e como dói.

SulRural n.º 473 – fevereiro/2023

62

Coisas de meu pai

Nem todos os netos aproveitam temporadas na fazenda de maneira previsível ou da forma como eu vivi. Uns campereiam, outros passeiam a cavalo ou nem os montam. E as vivências de cada um, em seus lares citadinos, nem sempre influenciam os comportamentos. Confesso que, ao lidar com eles, lembro meu pai.

Ele tomava cuidados para que meus irmãos e eu não assistíssemos a espetáculos de violência explícita, como o de carnear uma ovelha. A cena do animal pendurado de cabeça para baixo e sendo degolado não era vista por nós nos primeiros anos da infância e de entendimento do mundo. A rotina de violências praticadas pelos adultos tinha de ser conhecida aos poucos e no devido tempo. Assim como lembro seus cuidados para evitar agressão aos filhos pequenos, também destaco sua busca contínua de aperfeiçoamentos no trato com os animais. Propiciar-lhes bem-estar e diminuir sofrimentos era o que buscava no seu dia a dia de convívio com os animais que explorava. E logo se estabelecia um nível de entendimento incrível entre eles. Alguns eram previsíveis, como os estimulados com cavalos, cães, gatos, ou com terneiros e borregos criados guaxos.

Mas eu não entendia como o zorrilho que passara a morar no ranchinho dos brinquedos, inicialmente tolerado por caçar cobras venenosas, passara a ser seu amigo e companheiro de caminhadas em finais de tarde. Dava gosto ver meu pai caminhando com passos lentos e ritmados, enquanto o zorrilho se deslocava ziguezagueando entre suas passadas.

Também não esqueci sua amizade com algumas das traíras que viviam no açude mais próximo das casas. Certas tardes, ele tomava os pulmões das ovelhas carneadas e os usava para atrair os peixes. E as traíras, sempre as mesmas, mordiam firmemente os bofes oferecidos e eram puxadas para fora da água. Crispim as acarinhava e devolvia para o açude, junto com alguma carne.

> Dava gosto ver meu pai caminhando com passos lentos e ritmados, enquanto o zorrilho se deslocava ziguezagueando entre suas passadas.

Otimista, ele procurava melhorar o mundo ao melhorar-se. Isso incluía detalhes, como aperfeiçoar-se no ato de sangrar a rês para carneá-la, abreviando o sofrimento do animal. Faca não muito comprida nem muito larga era introduzida bem no sangrador, ponto que permitia atingir a aorta do animal e produzir profusa hemorragia, capaz de causar inconsciência e morte em tempo mínimo. Detalhes como imprimir pequeno giro na faca e ampliar a lesão da aorta pulsante, só ele conseguia fazer. Trabalhava em silêncio respeitoso, mas passou a ser copiado e até divulgado, como pode verificar o leitor, tantos anos passados...

Meu pai e eu, em tempos diferentes, fomos médicos. Ele não chegou a me ver com o boné de *bixo* da faculdade, mas situações e comportamentos conhecidos aproximam nossas trajetórias. Não poucas vezes, diante de situações inusitadas, eu buscava, até inconscientemente, sua previsível aprovação. Mas nem sempre fui um humilde seguidor de suas boas intenções.

Fato que passo a narrar comprova o que estou afirmando, e se relaciona a vivências com meu filho mais velho, o Rodrigo. Sensível e bom aluno durante toda a infância, o guri revelava pendores para ser médico e falava sobre isso. Tanto aqui como no período em que vivemos em Cleveland, suas brincadeiras revelavam isso. Usar estetoscópios de plástico, perguntas sobre saúde e doença, tudo levava a crer que haveria mais um médico na família. Embora eu procurasse assumir neutralidade quanto à profissão escolhida pelo filho, confesso minha torcida pela medicina.

 Passaram-se anos, eu operava corações, e o guri continuava estudioso e, em vésperas de fazer o exame vestibular, quando demonstrou vontade de assistir a uma cirurgia cardíaca. Exultei com a novidade e o levei para o bloco cirúrgico. Desconsiderei cuidados que meu pai teria, e o guri sentiu-se mal quando eu iniciava o uso de serra elétrica para abrir o osso externo do paciente. Hoje, olho o todo pelo lado positivo: Rodrigo, economista com passagens pelo exterior, coleciona êxitos; e seus dois filhos já seguem seus passos. Quanto a mim, naquele dia, meu pai sacudiria a cabeça e daria de régua em meus dedos...

SulRural n.º 474 – março/2023

63

Fraudes eleitorais

Escolher, fazer opções, representa muito na evolução do homem. Viver mais tempo, aprender e exercer funções em convivências estimulantes, tudo leva a ser eleito ou eleger líderes no exercício da tal democracia. Mas todos os mandões do mundo, em pleno século XXI, consideram-se ungidos por escolhas. É então que a democracia se torna relativa, passa a admitir adjetivos... Tudo piora quando ideologias são evocadas e comportamentos radicais acontecem em diversos setores.

Adepto da tolerância e inimigo de comportamentos prepotentes, confesso certa frustração ao final de vida que já vai longa. Para amenizar, recordo fatos, sobretudo os ocorridos na infância, e que me ajudam no enfrentamento dos dias confusos que vivemos. Sempre assumi posições claras, até em períodos eleitorais, mas sou incapaz de analisar situações e escrever crônicas sem um mínimo de distanciamento e isenção.

Fruto de lar republicano, mas com mãe nascida maragata, cedo conheci nomes como Júlio de Castilhos, Borges de Medeiros e Getúlio Vargas. E os três viveram períodos de governo autoritário, às vezes legitimados por eleições fraudadas. A honestidade ímpar de um Borges de Medeiros ao tratar do dinheiro público não se repetia quando o assunto era eleições e permanência no governo. E isso deu até revolução, com muitas mortes...

A influência de meu pai, ex-intendente, líder republicano na paz e na guerra, é a preponderante na minha formação política e de cida-

> Era tempo de eleições, e tanto oposição quanto situação tinham feito o possível para aumentar o número de votos de seus candidatos.

dão. Mas sempre exerci juízo crítico, com análise de diferentes fontes de informação e com mente aberta para conviver com posições opostas em diferentes situações.

Tive meus entusiasmos de jovem, fui imaturo como todos na juventude. Mas esse período durou pouco e resultou no propósito de viver sem buscar lideranças messiânicas, salvadores da pátria, ungidos de Deus. Perdoem-me o desabafo de alguém que se assumiu como liberal e democrata ao longo de uma vida de contínuo aprendizado.

Mas o que desejo hoje é lembrar pequena história que me fazia rir, bem como a meu pai, já em final de vida. Quem contava era o Nemo, irmão querido e que teve participação político-partidária ativa, como tantos outros da família. Aliás, Nemo, como presidente da antiga ARENA em período de radicalização política, surpreendeu o juiz eleitoral em Bagé ao apresentar a documentação dos candidatos ao pleito em Lavras do Sul. Já era fim de expediente, no último dia para inscrever chapas, e o MDB não se apresentara. Isso era o que pensava o juiz eleitoral da região quando Nemo pediu licença para entregar também os documentos correspondentes aos candidatos do partido adversário. O presidente do partido de oposição, diante de problema pessoal de última hora, optara por solicitar ao Nemo que também apresentasse a papelada dos candidatos que buscava derrotar. Coisas das Lavras...

Mas o Nemo era um grande contador de histórias, e hoje recordo uma das muitas relacionadas com política e comportamento humano. Era tempo de eleições, e tanto oposição quanto situação tinham feito o possível para aumentar o número de votos de seus candidatos. Eleitores aprendiam a desenhar seus nomes para serem considerados alfabetizados e aptos a votar. Também algumas pessoas falecidas custavam a desaparecer das listas eleitorais e exerciam seu direito através de vivos, e bem vivos. Comportamentos escusos aconteciam de parte a parte, e as eleições eram ricas em situações inusitadas, difíceis de entender e de classificar.

Mas o Nemo ia além, na sua maneira divertida de apresentar fato que dizia ter ocorrido em outros tempos e noutro lugar. Chegado o dia da eleição, eleitores e mesa eleitoral tinham de se entender da melhor forma possível. O comportamento dos fraudadores tinha de ser desempenhado com maestria, com detalhes. Assim é fácil entender as falas que seguem e que buscavam autenticidade. O presidente da mesa chama: "Senhor João Baptista de Assumpção". E logo se apresenta o vivo-morto, que para ser mais autêntico, responde: "Prompto". Fazendo rir, o Nemo escancarava verdades a corrigir, como os bobos da corte de outros tempos...

SulRural n.º 475 – abril/2023

64
Gaúchos em Mato Grosso

No último verão, ao passar alguns dias no litoral catarinense, conheci o gaúcho Vandir Caramori, que lá veraneava com familiares. Por meio dele cheguei ao livro *Um século de histórias*, de autoria de Ramão Ney Magalhães. Ambos, com raízes no Rio Grande do Sul, fazem parte das ondas colonizadoras desenvolvidas pelos gaúchos no Mato Grosso e áreas afins, incluindo o Paraguai. Vandir e Ney moram em Ponta Porã e participam ativamente do inusitado desenvolvimento regional da agropecuária no Centro-Oeste do Brasil. Pelas conversas com um e lendo o livro do outro, aprendi muito sobre a ação da gauchada nas fronteiras com o Paraguai.

A família do Ney Magalhães foi das primeiras a deixar o Rio Grande, logo depois de noventa e três. Na sequência de uma revolução com degolas e vinditas, deixaram a região da Bossoroca, levando pertences e instrumentos agrícolas em extensas filas de carretas que se deslocavam com lentidão por caminhos que iam inventando. Muitas vezes tinham de derrubar árvores para fazê-lo. Junto ia gado, cavalos, ovelhas, animais domésticos; e foram acompanhados por parentes e amigos, que os escoltaram, bem armados, até ultrapassarem a fronteira com a Argentina, parte do caminho.

O banditismo de final de revolução exigia cuidados, sobretudo entre os maragatos, derrotados e sem muita esperança de tratamento igualitário em futuro próximo. Exploração da erva-mate e da madeira fizeram parte dos primeiros tempos daqueles pioneiros, num longo período de adaptação e de muito trabalho. Nem os limites Brasil-Paraguai estavam definidos após a Guerra da Tríplice Aliança, quando chegaram os primeiros gaúchos no Centro-Oeste brasileiro. Passaram por períodos de incertezas, que eram amenizados pela amizade logo estabelecida com os paraguaios. Não foram poucos os casamentos ou as decisões tomadas em conjunto pelos fronteiriços.

> É a cultura gaúcha que se conserva e se afirma junto e sem afrontar hábitos e costumes do Brasil central.

E durante muito tempo lutaram contra grupos de malfeitores que infestavam territórios limítrofes desde os tempos de guerra. A regra era andar armado. Todos portavam revólveres e tinham espingardas em casa, que representavam a segurança contra feras e bandidos. Vandir já faz parte dos gaúchos que migraram atraídos pelas terras férteis e baratas que acolhiam migrantes dispostos a enfrentar dificuldades, mas já em tempos de lavoura mecanizada e sempre ávida por novas tecnologias.

Esta nova leva de gaúchos a chegar ao Centro-Oeste teve seu ápice por volta dos anos setenta e guarda relação com o chamado milagre brasileiro. Tudo já compartilhado por empreendedores e mão de obra de muitas procedências, de todos os continentes.

Tanto os migrantes gaúchos do final do século XIX quanto os mais recentes e diferenciados, adaptaram-se muito bem às novas querências. E poucos, como eles, fizeram e fazem questão de manter costumes da terra natal, que continuam a amar. Bombacha e botas, lenço no pescoço, rodas de mate, apego ao cavalo são cultivados no dia a dia. E tudo ganha mais força nos bailes e nas festas dos CTGs. Música, dança, gaita e violão, poesias e trovas, tudo rememora as origens sulinas. É a cultura gaúcha que se conserva e se afirma junto e sem afrontar hábitos e costumes do Brasil central.

Mas o livro *Um século de histórias* mostra aspectos interessantes e personalizados da rica relação do Rio Grande com o Centro-Oeste brasileiro; e mais uma vez, a gente do Sul dá mostras de seu incrível poder de adaptação. Há fotos de Getúlio Vargas, ora desfilando em carro aberto com o presidente paraguaio em Concepción, ora montando cavalo crioulo em fazenda mato-grossense.

Getúlio desejava acelerar o desenvolvimento da região e criou o Território Federal de Ponta Porã, algo que só desapareceu com a Constituição pós-Estado Novo. Ponta Porã foi a capital de Território que abrangia área de sete municípios, incluindo Dourados e Maracaju. Ferrovias, estradas, aeroporto e toda uma infraestrutura garantindo acesso ao porto de Concepción, no Rio Paraguai, faziam parte de um plano ambicioso do gaúcho de São Borja. O porto serviria a duas nações amigas.

SulRural n.º 476 – maio/2023

65

Um livro que faz pensar

É natural que eu leia mais hoje que no passado. Atividade profissional intensa e cada vez mais desafiante fazia de mim um mau leitor de livros não médicos. Mas, no rabo das horas, como dizia Cyro Martins, eu lia e escrevia para leitores curiosos sobre história e literatura no Rio Grande do Sul, ou mini-história das Lavras. Restava pouco tempo para encarar livros do tipo *Civilização (Ocidente X Oriente)*, do historiador inglês Niall Ferguson, uma de minhas últimas leituras.

No livro, ao final da Idade Média, há isolamento dos orientais, satisfeitos dentro de suas fronteiras com soluções próprias, sem influências do ocidente. Tal comportamento facilitou a supremacia de pequenas nações ocidentais, que cresceram em decorrência de navegação e descobrimento, intalação de colônias e mercados, e com a Revolução Industrial. Estabeleceu-se uma nítida supremacia do ocidente nos últimos quinhentos anos da história universal.

E o autor é enfático ao eleger os fatores que teriam determinado essa superioridade: competição, ciência, direito de propriedade, medicina moderna, poder de consumo e ética de trabalho. Não faltaram no mundo: escravidão, colonialismo, fanatismos religiosos ou ideológicos, utopias e guerras. Apesar disso, o homem evoluiu. O ocidente passou a produzir e comercializar produtos desejados em todas as latitudes. Assim, coisas como as máquinas de costura Singer ou as calças Jeans tornaram-se desejo de consumo e realidade em todas as geografias.

> Diante de desafios que mexem com hegemonias, vale torcer pelo aperfeiçoamento e pelo poder de adaptação do homem, capacitado a reconhecer as muitas vantagens de viver num mundo de paz.

Cinema e meios de comunicação, cada vez mais desafiadores, deram aos Estados Unidos um *status* único, com duração já longa. Mas o desafio está sendo aceito pelos orientais. Primeiro foram os japoneses que passaram a copiar tudo o que era feito nos Estados Unidos e na Europa. E o Japão tornou-se potência mundial, em que pese a derrota na Segunda Grande Guerra. Automóveis e produtos japoneses passaram a ser altamente competitivos em todos os mercados.

Mas o grande desafio está sendo representado pela China. Seu povo sofrido tolerou fome e desacertos num regime comunista, em tempos de Mao Tsé-Tung, com sua revolução cultural. Buscou, entretanto, capacitação copiando o ocidente democrático e liberal, embora continue comunista, com uma massa trabalhadora mal remunerada e sem liberdade. Assim, os produtos chineses tornam-se altamente competitivos no mercado internacional. Resultam dos esforços de um povo submetido à educação presente, continuada. E para surpresa minha, o autor assinala o crescimento do cristianismo na China. A ação desde a antiguidade de missionários católicos bem como uma ética de trabalho protestante explicariam o fenômeno.

De qualquer maneira, hoje não há mais dúvidas quanto à excelência dos produtos chineses. Alta tecnologia e uma crescente preocupação em substituir o carvão e outros combustíveis fósseis explicam modificações que estão ocorrendo com grande rapidez. Ninguém produzirá tantos automóveis elétricos ou de outros tipos pouco poluentes e baratos quanto eles. Confesso imaginar as dificuldades de trânsito que as grandes cidades chinesas enfrentarão, bem como o número de autoestradas a serem construídas. Tudo para absorver a grande produção de carros, manejados por orgulhosos proprietários de veículos de alta tecnologia, capazes de despertar sonhos-realidade até num país ainda dito comunista...

Na contramão do que aprendi no livro, converso com minha neta que mora e trabalha em Nova Iorque. Perguntada sobre qual carro ela possui, respondeu sem pestanejar, não ter automóvel e nem pretender tê-lo. Facilidades como transporte público eficiente, graças ao metrô ou a pistas elevadas, sobrepostas em vários planos, explicam o posicionamento da neta, que prefere não se preocupar com estacionamento, garagem e outras quinquilharias.

Diante de desafios que mexem com hegemonias, vale torcer pelo aperfeiçoamento e pelo poder de adaptação do homem, capacitado a reconhecer as muitas vantagens de viver num mundo de paz. Mas isso já será coisa para meus bisnetos...

SulRural n.º 477 – junho/2023

66

Os livros e um nome incomum

Carregar um nome diferente durante a vida é uma experiência desafiante. Sem apelar para algum santo e querendo homenagear Simões Lopes Neto e seu principal personagem, quis meu pai que eu fosse registrado como Blau, vaqueano tapejara "coração sereno... guasca de bom porte, mas que só tinha de seu um cavalo gordo, o facão afiado e as estradas reais...".

No círculo familiar era bem conhecida a origem do nome, mas pela vida afora tive de explicá-la vezes sem conta. Isso começou no colégio, onde rimas eram buscadas com a palavra estranha, mais do que entendida sua origem simoniana... Apenas algum professor mais inquieto conhecia no Colégio N. S. Auxiliadora, em Bagé, a obra de Simões Lopes Neto. Já em Porto Alegre, mais gente atinava com a origem de meu nome, mas foi apenas no hipódromo que encontrei um tocaio: cavalo puro-sangue do senhor Breno Caldas, chamado Velho Blau.

Em círculos mais cultos, era comum que indagassem pelo meu nome de batismo, pois achavam que eu estava usando um pseudônimo. Ao apresentar-me, sendo loiro de olhos azuis, logo associavam meu nome ao significado da cor azul na língua alemã. De imediato, concluíam pela minha ascendência ariana. Não poucas vezes, explicava que a maioria de meus ascendentes era pelo-duro, de origem açoriana. Mas confirmava, sem os detalhes que hoje conheço, que meu avô materno era neto de Friederich Fabricius, nascido em Gotha, na Turíngia, e que no pampa virara até guerreiro farrapo e participante da fundação da cidade de Uruguaiana.

Ao andar pelo mundo, repetia-se a curiosidade. Assim, Donald Effler, o culto chefe da cirurgia cardíaca na Cleveland Clinic, achava que meu nome deveria corresponder ao Blas, bem presente nos países de língua espanhola. Nem sempre o meio era culto o suficiente para entender a forma como Cyro Martins me apresentava: "...um Blau, que não é o Nunes". Mas certamente ajudei a divulgar a obra de Simões Lopes Neto, sempre procurando não desmerecer na vida a conduta do vaqueano tapejara.

> Certa menina, submetida à cirurgia cardíaca, cresceu, casou e teve um filho. Nome da criança? Blau, o mesmo de um dos cirurgiões.

Procurei conhecer mais o mundo simoniano e nisso contei com a colaboração importante do professor Mozart Pereira Soares. Na busca de motivação para chamar de Blau seu grande personagem e *alter ego*, penetrou o professor Mozart na infância do escritor pelotense. Descobriu que uma tia rica do autor viajara pela Europa, e lá comprara um boneco com cabeça de porcelana e todo vestido de azul. O brinquedo adquirido na Alemanha em pleno século XIX impressionou por demais o menino curioso, bem como a palavra que designa a cor azul em alemão e que passara a denominar o boneco. Estaria aí a origem do nome Blau Nunes, tão invulgar quanto o próprio personagem dentro das literaturas gaúcha e brasileira...

Reunidos todos os relatos sobre Simões Lopes Neto, seu personagem principal, e algumas afirmações sobre ambos, restaria uma pergunta muito pessoal: além do cavalo, ganhador de muitos páreos no Hipódromo do Cristal, haveria mais alguém vivendo com o nome de Blau? Pois eu digo que sim. O primeiro relato nasce da minha condição de sócio colorado desde os tempos de acadêmico de Medicina. Era dia de eleição no clube, e eu compareci para votar no candidato que escolhera. Dentro do Gigantinho, tive a grande surpresa. Na lista por ordem alfabética, existiam dois Blaus, coisa que até então jamais encontrara. E ambos eram reais e até votavam...

A segunda referência é um desafio à minha humildade e desconforto com homenagens. Certa menina, submetida a cirurgia cardíaca, cresceu, casou e teve um filho. Nome da criança? Blau, o mesmo de um dos cirurgiões. Transferindo leituras e homenagens às suas fontes, concordo com a Flora, minha mulher e leitora de muitos livros. Após vivências compartilhadas por mais de cinquenta anos, ela acumula álbuns de fotografias que misturam filhos, netos e viagens. Sabiamente, ela destaca um deles, organizado pelo filho Rodrigo, cujo título repete frase de personagem de Érico Veríssimo: Eta mundo velho sem porteira!

SulRural n.º 478 – julho/2023